PAUL AUSTER wurde 1947 in Newark, New Jersey, geboren. Er verbrachte nach dem Studium einige Jahre in Frankreich. International bekannt wurde er mit seinen Romanen *Im Land der letzten Dinge* und der *New-York-Trilogie*. Sein umfangreiches, vielfach preisgekröntes Werk umfasst neben zahlreichen Romanen auch Essays und Gedichte sowie Übersetzungen zeitgenössischer Lyrik. Am 30. April 2024 ist Paul Auster im Alter von 77 Jahren gestorben.

WERNER SCHMITZ ist seit 1981 als Übersetzer tätig, u. a. von Malcolm Lowry, John le Carré, Ernest Hemingway, Philip Roth und Paul Auster. 2011 erhielt er den Heinrich Maria Ledig-Rowohlt-Preis. Er lebt in der Lüneburger Heide.

«Mithilfe des Schreibens etwas wahr zu machen, was zuvor nicht sichtbar wahr gewesen ist: Das ist die Paul-Auster-Kunst von Anfang an gewesen. *Baumgartner* ist ein sehr tröstliches Buch.» *Die Zeit*

Paul Auster

Baumgartner

Roman

Aus dem Englischen von Werner Schmitz

Rowohlt Taschenbuch Verlag

Die Originalausgabe erschien 2023 unter dem Titel «Baumgartner»
bei Grove Atlantic, Inc., New York.

Veröffentlicht im Rowohlt Taschenbuch Verlag,
Kirchenallee 19, 20099 Hamburg, Mai 2025
Copyright © 2023 by Rowohlt Verlag GmbH, Hamburg
«Baumgartner» Copyright © 2023 by Austerworks LLC
Die Nutzung unserer Werke für Text- und Data-Mining
im Sinne von § 44b UrhG behalten wir uns explizit vor.
Covergestaltung any.way, Walter Hellmann,
nach einem Entwurf von Anzinger und Rasp, München
Satz aus der Guyot Text
bei Pinkuin Satz und Datentechnik, Berlin
Druck und Bindung CPI books GmbH, Leck
ISBN 978-3-499-01373-7

Kontaktadresse nach EU-Produktsicherheitsverordnung:
produktsicherheit@rowohlt.de

Baumgartner

1

Baumgartner sitzt an seinem Schreibtisch im ersten Stock, in einem Zimmer, das er je nach Laune als Arbeitszimmer, Cogitorium oder seinen Bau bezeichnet. Stift in der Hand, befindet er sich mitten in einem Satz im dritten Kapitel seiner Monografie über Kierkegaards Pseudonyme, als ihm einfällt, dass das Buch, aus dem er zitieren muss, um den Satz zu beenden, noch unten im Wohnzimmer ist, wo er es gestern vor dem Zubettgehen hat liegen lassen. Auf dem Weg nach unten, um das Buch zu holen, entsinnt er sich, dass er seiner Schwester versprochen hat, sie heute früh um zehn anzurufen, und da es gerade kurz vor zehn ist, will er gleich in die Küche gehen und den Anruf erledigen, bevor er das Buch aus dem Wohnzimmer holt. Plötzlich bleibt er abrupt stehen, denn aus der Küche schlägt ihm beißender Geruch entgegen. Da brennt etwas, denkt er, geht zum Herd und sieht, einer der vorderen Brenner ist noch an, eine winzige Flamme frisst sich beharrlich in den Boden des kleinen Aluminiumtopfs, in dem er sich vor drei Stunden seine zwei weich gekochten Frühstückseier bereitet hat. Er stellt das Gas aus und nimmt, ohne groß nachzudenken, das heißt, ohne sich einen Topflappen oder ein Handtuch zu schnappen, den ruinierten, glühenden Eierkochtopf vom Herd und versengt sich die Hand. Baumgartner schreit vor Schmerz. Den Bruchteil einer Sekunde später lässt er den Topf unter lautem Geschepper zu Boden fallen, stürzt jaulend zur Spüle, dreht das kalte Wasser auf, hält die rechte Hand unter den Hahn und lässt den kühlen Strom drei oder vier Minuten lang über seine Haut fließen.

In der Hoffnung, Blasen an Fingern und Handfläche verhütet zu haben, trocknet Baumgartner seine Hand vorsichtig mit einem Geschirrtuch, wartet kurz, krümmt die Finger, klopft noch ein paarmal leicht mit dem Tuch auf die Hand und fragt sich plötzlich, was er überhaupt in der Küche macht. Bevor ihm einfällt, dass er seine Schwester anrufen wollte, läutet das Telefon. Er nimmt ab und brummt ein zurückhaltendes Hallo. Meine Schwester, denkt er, als er sich endlich erinnert, warum er hier ist, und da es längst nach zehn ist und er sie nicht angerufen hat, geht er davon aus, dass es sich bei der Person am anderen Ende der Leitung um Naomi handelt, die streitsüchtige jüngere Schwester, die ihm garantiert als Erstes vorwerfen wird, dass er *wieder einmal, wie immer,* vergessen habe, sie anzurufen, doch sobald die Person am anderen Ende sich meldet, wird klar, es ist nicht Naomi, sondern ein Mann, ein Unbekannter mit einer fremden Stimme, der stotternd um Verzeihung bittet, dass er zu spät komme. Zu spät für was?, fragt Baumgartner. Um Ihren Zähler abzulesen, sagt der Mann. Ich sollte um neun vorbeikommen, wissen Sie nicht mehr? Nein, Baumgartner weiß es nicht mehr, er kann sich an keinen Augenblick in den vergangenen Tagen oder Wochen erinnern, in dem ihm bewusst gewesen wäre, dass der Zählerableser seines Stromversorgers sich für heute um neun angesagt hätte, und so beruhigt er den Mann, er brauche sich keine Sorgen zu machen, er werde den ganzen Tag zu Hause sein, doch der andere, offenkundig jung, unerfahren und übereifrig, besteht darauf, ihm zu erklären, dass er gerade keine Zeit habe zu erklären, warum er nicht pünktlich gekommen sei, aber es gebe einen *guten Grund* dafür, etwas, woran er *nichts ändern* könne, und dass er so schnell wie möglich kommen werde. Gut, sagt Baumgartner, bis dann. Er legt auf und betrachtet seine rechte Hand, die von der Verbrennung zu pochen begonnen hat, entdeckt jedoch bei genauerem Hinsehen weder Blasen noch sich abschälende Hautstellen, nur eine allgemeine Rötung. Nicht schlimm, denkt er, damit kann ich leben, und dann spricht er sich in der zweiten Person an: Du blöder Esel, noch mal Glück gehabt.

Er sagt sich, er sollte jetzt Naomi anrufen, auf der Stelle, *um ihr zuvorzukommen*, doch gerade als er zum Hörer greifen und ihre Nummer wählen will, klingelt es an der Tür. Ein tiefes Stöhnen entringt sich seiner Brust. Schon summt das Freizeichen in seiner Hand, aber er legt wieder auf, kickt missmutig den verschmorten Topf beiseite und macht sich auf den Weg zur Haustür.

Seine Stimmung hebt sich, als er die Tür öffnet und die UPS-Botin erblickt, Molly, die häufig bei ihm klingelt und im Lauf der Zeit so etwas wie ... ja was? für ihn geworden ist. Nicht direkt eine Freundin, aber inzwischen doch mehr als eine bloße Bekannte, wenn man bedenkt, dass sie seit fünf Jahren zwei- bis dreimal pro Woche zu ihm kommt, und die Wahrheit sieht so aus, dass der einsame Baumgartner, dessen Frau vor knapp zehn Jahren gestorben ist, heimlich in diese stämmige Frau in den Dreißigern, von der er nicht einmal den Nachnamen weiß, verknallt ist, denn obwohl Molly schwarz ist und seine Frau das nicht war, ist etwas in ihren Augen, das ihn immer, wenn er sie sieht, an seine tote Anna denken lässt. Jedes Mal geht es ihm so, aber was genau er da bemerkt, kann er nicht sagen. Wachheit vielleicht, auch wenn es viel mehr ist als das, eher etwas, das man als *strahlende Wachheit* bezeichnen könnte oder, wenn es das nicht ist, ganz einfach als die Kraft einer *leuchtenden Persönlichkeit*, menschliche Lebendigkeit in all ihrer vibrierenden Pracht, die in einem komplizierten, verschränkten Tanz von Gefühlen und Gedanken von innen nach außen strömt – so etwa, falls das einen Sinn ergibt, aber egal wie man nennen will, was Anna hatte, Molly hat es auch. Nur deshalb bestellt Baumgartner ständig Bücher, die er nicht braucht und niemals aufschlägt und irgendwann der örtlichen Bücherei spenden wird – allein zu dem Zweck, ein oder zwei Minuten in Mollys Gesellschaft zu verbringen, wenn sie bei ihm klingelt und die Bücher bringt.

Guten Morgen, Professor, sagt sie und schenkt ihm ihr leuchtendes Lächeln wie einen Segen. Mal wieder ein Buch für Sie.

Danke, Molly, sagt Baumgartner und nimmt lächelnd das schmale braune Päckchen entgegen. Wie geht's Ihnen heute?

Es ist noch früh – zu früh für eine Antwort –, aber bis jetzt sind die Hochs höher als die Tiefs tief. Es ist nicht leicht, an einem so herrlichen Morgen Trübsal zu blasen.

Der erste schöne Frühlingstag – der beste Tag des Jahres. Genießen wir ihn, solange wir können, Molly. Man weiß nie, was als Nächstes passiert.

Wohl wahr, sagt Molly und lässt ein zustimmendes Kichern hören. Bevor ihm eine clevere oder witzige Erwiderung einfällt, mit der sich die Unterhaltung verlängern ließe, hebt sie zum Abschied die Hand und entschwindet zu ihrem Lieferwagen.

Auch das zählt zu den vielen Dingen, die Baumgartner an Molly mag. Sie lacht über alle seine lahmen Bemerkungen, auch die allerschwächsten, die totalen Blindgänger.

Er geht in die Küche zurück und legt das ungeöffnete Buchpäckchen auf den Stapel anderer ungeöffneter Buchpäckchen in einer Ecke neben dem Tisch. Der Turm ist inzwischen so hoch, dass zu befürchten ist, ein oder zwei mehr von diesen hellbraunen Umschlägen werden ihn zum Einsturz bringen. Baumgartner nimmt sich vor, noch heute die Bücher von ihren Papphüllen zu befreien und die nackten Exemplare in den am wenigsten gefüllten der mit ungewünschten Büchern gepackten Kartons zu stopfen, von denen bereits mehrere auf der Veranda stehen und irgendwann der Bücherei geschenkt werden sollen. Ja, ja, sagt sich Baumgartner, ich weiß, das habe ich mir schon das letzte Mal versprochen, als Molly hier war, und davor auch schon, aber diesmal meine ich es wirklich ernst.

Er sieht auf die Uhr, es ist Viertel nach zehn. Reichlich spät, denkt er, aber vielleicht noch nicht zu spät, Naomi anzurufen und ihr zuvorzukommen, ehe sie ihn mit unflätigen Beschimpfungen überhäuft. Er greift nach dem Telefon, doch gerade als er den Hörer abnehmen will, läutet der kleine weiße Teufel schon wieder. Wieder nimmt er an, es sei seine Schwester, und wieder liegt er falsch.

Ein zitterndes Stimmchen antwortet seinem gebrummten Hallo mit einer kaum vernehmbaren Frage: *Mr. Baumgartner?* Die Stimme klingt so jung und so elend, dass ihn ein heißer Schrecken überläuft, als arbeiteten alle Organe in seinem Körper plötzlich doppelt so schnell wie normal. Er fragt, wer da spricht, und die Stimme antwortet *Rosita*, und sofort ist ihm klar, Mrs. Flores muss etwas zugestoßen sein, der Frau, die zum ersten Mal nach Annas Beerdigung bei ihm putzen kam und seither zweimal die Woche die Böden wischt, die Teppiche saugt, die Wäsche macht und zahllose andere Haushaltsdinge erledigt, sodass er in den vergangenen neuneinhalb Jahren nicht in Schmutz und Unordnung versunken ist, die gute und zuverlässige und meist schweigsame, verschlossene Mrs. Flores mit ihrem Mann, dem Bauarbeiter, und drei Kindern, zwei erwachsenen Söhnen und der kleinen Rosita, einer dünnen Zwölfjährigen mit prächtigen braunen Augen, die jedes Jahr an Halloween bei ihm auftaucht und sich ihre Tüte Süßigkeiten abholt.

Was ist, Rosita?, fragt Baumgartner. Ist deiner Mutter etwas passiert?

Nein, sagt Rosita, nicht meiner Mutter. Meinem Vater.

Die aufgestaute Anspannung der Kleinen entlädt sich in heftigem Schluchzen, und Baumgartner muss eine Weile warten. Da sie versucht, sich zusammenzureißen und nicht vollkommen die Kontrolle zu verlieren, geht ihr bebender Atem in abgehackten Stößen. Baumgartner reimt sich zusammen, eigentlich sollte Mrs. Flores an diesem Nachmittag zu ihm kommen, und da Frühlingsferien sind und ihre Tochter nicht in der Schule ist, hat sie Rosita aufgetragen, Mr. Baumgartner wegen des Notfalls anzurufen, während sie selbst sich um ihren Mann kümmert, was auch immer ihm zugestoßen sein mag.

Als das Stöhnen und Schluchzen sich ein wenig gelegt hat, stellt Baumgartner die nächste Frage. Die Bruchstücke ihres Berichts von dem, was ihre Mutter ihr erzählt hat, die es selbst von jemand anderem gehört hat, setzt er sich so zusammen: Mr. Flores sollte eine Küche umbauen, und als er vor wenigen Stunden im Keller des Kunden mit seiner Kreissäge Kanthölzer zurechtschnitt, eine Arbeit, die er schon Hunderte, wenn nicht Tausende Male getan hatte, gelang es ihm irgendwie, sich zwei Finger der rechten Hand abzuschneiden.

Baumgartner sieht die zwei abgetrennten Finger in das Sägemehl auf dem Fußboden fallen. Er sieht das Blut aus den entblößten Stümpfen fließen. Er hört Mr. Flores schreien.

Schließlich sagt er: Keine Sorge, Rosita. Ich weiß, das hört sich schrecklich an, aber die Ärzte kriegen das hin. Deinem Vater werden die Finger wieder angenäht, und bis im Herbst die Schule losgeht, ist er wieder vollkommen in Ordnung.

Wirklich?

Ja, wirklich. Versprochen.

Weil die Kleine allein im Haus ist und weil sie sich, seit ihre Mutter zum Krankenhaus geeilt ist, in einem Zustand lähmender Panik befindet, redet Baumgartner noch zehn Minuten lang weiter auf sie ein. Gegen Ende des Gesprächs gelingt es ihm, ihr so etwas wie ein Lachen zu entlocken, und als sie aufgelegt haben, bleibt dieses kümmerliche kleine Lachen bei ihm, denn er ist sich ziemlich sicher, es wird sich als das einzig Wichtige erweisen, was er an diesem Tag zustande gebracht haben wird.

Trotzdem ist Baumgartner erschüttert. Er zieht einen Stuhl heran und setzt sich; den Blick auf den schwarzen Kreis eines alten Kaffeetassenflecks gerichtet, lässt er die Szene vor seinem inneren Auge ablaufen. Angel Flores, ein erfahrener Zimmermann von achtundvierzig Jahren, ist im Begriff, etwas zu tun, was er im Lauf vieler Jahre schon oft und einwandfrei getan hat, und plötzlich und unerklärlicherweise passt er einmal kurz nicht auf und fügt sich eine schwere Verletzung zu. Wie kann das sein? Was hat seine Konzentration gestört, was hat ihn abgelenkt von der Arbeit an der Säge, simpel genug, wenn man sich konzentriert, aber gefährlich, wenn man es nicht tut? Hatte ihn ein Mitarbeiter irritiert, der in dem Augenblick die Treppe herunterkam? War ihm ungewollt ein Gedanke durch den Kopf gegangen? War eine Fliege auf seiner Nase gelandet? Hatte er plötzlich Bauchschmerzen bekommen? Hatte er gestern Abend zu viel getrunken, oder hatte er sich, bevor er das Haus verließ, mit seiner Frau gestritten ...? Plötzlich kommt ihm die Idee, dass Mr. Flores sich genau in dem Augenblick, als er, Baumgartner, sich die Hand an dem Topf verbrannte, die Finger abgeschnitten haben könnte. Jeder der beiden ist selbst schuld an seinem Unglück, auch wenn das Unglück des einen weit größer war als das des anderen, und doch, in beiden Fällen ...

Die Türglocke reißt ihn aus seinen Grübeleien. Verdammt, sagt er, steht langsam auf und schlurft zur Haustür. Die lassen einen hier nicht mal zum Denken kommen.

Baumgartner öffnet die Tür, und vor ihm steht der Zählerableser, ein großer, kräftiger Bursche Ende zwanzig oder Anfang dreißig im blauen Firmenhemd des Stromversorgers, auf der linken Brusttasche das Logo der PSE&G und darunter leuchtend gelb gestickt der Name des Mannes, der in dem Hemd steckt: Ed. Soweit Baumgartner das beurteilen kann, drückt Eds Miene zugleich Hoffnung und Verzweiflung aus. Komische Kombination, denkt er, und als Ed den Mund zu einem vorsichtigen Lächeln verzieht, mutet dies gar noch verwirrender an – als sei der Zählerableser schon halb darauf gefasst, dass ihm die Tür vor der Nase zugeschlagen wird. Um die Befürchtungen des Mannes zu zerstreuen, bittet Baumgartner ihn ins Haus.

Danke, Mr. Boom Garden, sagt der Mann und tritt über die Schwelle. Sehr freundlich von Ihnen.

Eher amüsiert als eingeschnappt von der Verunstaltung seines Namens, schlägt Baumgartner vor: Können wir uns nicht mit Vornamen anreden? Ihren kenne ich bereits – Ed. Also, wenn's Ihnen recht ist, lassen Sie den Mister weg und sagen einfach Sy zu mir.

Sigh?, sagt Ed. Was ist das denn für ein Name?

Nein, nicht *sigh* wie Seufzer – bloß Sy. S-Y. Kurz für Seymour, das ist der lächerliche Name, den meine Eltern mir verpasst haben. Ich gebe zu, Sy ist auch nicht das Gelbe vom Ei, aber immer noch besser als Seymour.

Sie also auch, wie?, sagt der Zählerableser.

Ich auch was?, sagt Baumgartner.

Laufen mit einem Namen rum, der Ihnen nicht gefällt.

Was stört Sie denn an Ed?

Gar nichts. Was mich nervt, ist mein Nachname.

Ach? Und der lautet wie?

Papadopoulos.

Nichts dran auszusetzen. Ein schöner griechischer Name.

Mag sein, wenn man in Griechenland lebt. Aber in Amerika lacht man darüber. In der Schule haben mich die anderen Kinder ausgelacht, und früher, als ich noch Baseball in der Minor League gespielt habe, haben die Zuschauer immer gelacht, wenn mein Name über die Lautsprecher kam. Da kann man schon, wie sagt man noch gleich, Komplexe kriegen.

Warum ändern Sie den Namen nicht, wenn er Sie so stört?

Das kann ich nicht. Das würde meinem Vater das Herz brechen.

Baumgartner beginnt, sich zu langweilen. Wenn er diesem mäandernden Gefasel nicht auf der Stelle ein Ende macht, wird Papadopoulos ihm als Nächstes die komplette Lebensgeschichte seines Vaters auftischen oder von den Höhen und Tiefen seiner Karriere im Minor-League-Baseball erzählen, weshalb er, Sy, kurz für Seymour, abrupt das Thema wechselt und sich bei Ed erkundigt, ob er nicht mal einen Blick auf den Zähler im Keller werfen möchte. Hier nun erfährt er, dies ist der erste Tag des jungen Mannes in seinem Job, und der Zähler unten wird der erste sein, den er als Angestellter der Public Service Electric & Gas Company ablesen wird, was erklärt, warum er nicht zur verabredeten Zeit gekommen ist – nicht durch eigene Schuld, wohlgemerkt, sondern weil ein paar altgediente Zählerableser der Gesellschaft ihm am Morgen – seinem ersten Morgen in dem Job! – einen Streich gespielt und den Benzintank seines Transporters geleert haben, sodass er zwar noch eine halbe Meile weit fahren konnte, dann aber mitten auf einer in der Hauptverkehrszeit völlig verstopften Straße liegen geblieben war, was seine beschämende Verspätung zur Folge hatte. Es tue ihm leid, sagt er, so schrecklich leid, ihm solche Unannehmlichkeiten zu bereiten. Wäre er doch nur so klug gewesen, die Tankanzeige zu kontrollieren, bevor er sich auf den Weg machte, dann hätte er es rechtzeitig geschafft, aber diese dämlichen Witzbolde mussten ihm ja ihren Streich spielen, nur weil er der Neue war, und bestimmt konnten sie es gar nicht abwarten, wie ihn sein Vorgesetzter deswegen zusammenstauchen würde. Noch einmal so ein Klops, und er werde auf Bewährung gesetzt. Noch zweimal, und man werde ihn wahrscheinlich feuern.

Inzwischen könnte Baumgartner schreien. Wie ist dieses bullige Plappermaul bloß hier reingekommen, fragt er sich, und wie lässt sich dieser hartnäckige Redestrom abstellen? Und dennoch, trotz seiner zunehmenden Gereiztheit und ganz gegen seinen Willen empfindet er Mitleid mit diesem gutmütigen Einfaltspinsel, und statt tief Luft zu holen und aus vollem Hals loszubrüllen, gibt Baumgartner ein leises, fast unhörbares Stöhnen von sich und geht ihm voran zu der Tür, die in den Keller führt.

Da unten, sagt er, hinten links, doch als er den Lichtschalter für den Keller drückt, bleibt es dort dunkel. Verdammt, sagt Baumgartner, reißt sich aber zusammen, genau wie die kleine Rosita sich vorhin am Telefon zusammengerissen hatte, um nicht zu weinen; anscheinend ist die Glühbirne da unten kaputt.

Kein Problem, sagt Ed, ich habe eine Taschenlampe. Gehört zu meiner Ausrüstung.

Gut. Dann werden Sie ihn ja finden.

Kann sein, kann nicht sein, sagt der Ableser-Novize. Möchten Sie nicht lieber mit runterkommen und mir zeigen, wo er ist? Nur dieses eine Mal, damit ich Ihnen nicht noch länger zur Last falle.

Baumgartner denkt, Ed Papadopoulos hat Angst im Dunkeln, oder jedenfalls vor dunklen Kellern, besonders in alten

Häusern wie diesem, mit Spinnweben, die von der Decke hängen, und Rieseninsekten, die auf dem Boden herumkrabbeln, und weiß Gott was für unsichtbaren Gegenständen, die den Weg zum Zähler versperren, und obwohl er weiß, dass Naomi todsicher genau in dem Augenblick anrufen wird, wenn er unten die letzte Stufe erreicht hat, lässt Baumgartner sich überreden und geht dem anderen voraus nach unten.

Die Kellertreppe ist morsch und altersschwach, auch so etwas, das zu reparieren Baumgartner sich fest vorgenommen hat, ohne es bisher zu tun, auch wenn er seit Jahren immer wieder denselben Entschluss fasst, denn an die Treppe denkt er nur dann, wenn er in den Keller geht, und kaum ist er wieder oben und schließt die Tür, hat er sie auch schon vergessen. Jetzt, ohne Beleuchtung von der Decke, als einzige Lichtquelle von hinten Eds Taschenlampe, greift Baumgartner vorsichtig nach dem splittrigen Holzgeländer, doch sobald er ein wenig fester zupackt, sticht es ihm wie tausend Nadeln in die versengte Handfläche – ganz so, als verbrenne er sich abermals. Seine Hand zuckt zurück, und da es links kein Geländer gibt, hat er nichts mehr, woran er sich festhalten kann, aber schließlich lebt er in diesem Haus seit vielen Jahren und kennt die Treppe, also wagt er den ersten Schritt in die Tiefe, verfehlt das Brett um einen Zentimeter, verliert im Dunkeln das Gleichgewicht und stürzt, stößt sich einen Ellbogen an, dann den anderen, und schlägt mit dem rechten Knie auf dem harten Betonboden auf.

Zum zweiten Mal an diesem Morgen schreit Baumgartner vor Schmerz.

Der Schrei verrinnt zu einem lang gezogenen Stöhnen,

während sein verkrümmter Körper sich auf dem feuchten Boden windet. Dass seine Glieder sich bewegen, spürt er nicht, aber er weiß, er ist noch bei Bewusstsein, denn ihm jagen zahllose Gedankenfetzen durch den Kopf, unklare, verschwommene Gedanken, womit sie, nimmt er an, als echte Gedanken disqualifiziert sind und in die Kategorie von Halbgedanken oder Nichtgedanken gehören, nur dass er trotz der rasenden Schmerzen in seinen Ellbogen und im rechten Knie keinen Schmerz im Kopf bemerkt, was bedeuten könnte, dass sein Schädel den Sturz ohne ernsthafte Beschädigung überstanden hat, was wiederum bedeuten könnte, dass der Unfall ihn am Ende nicht zu einem sabbelnden, sabbernden Idioten machen wird, reif für den Gnadenschuss. Dann aber, als Ed über ihm steht und ihm mit der Taschenlampe ins Gesicht leuchtet, findet Baumgartner nicht die Worte, ihm zu sagen, er solle das Licht woanders hinhalten, er bringt nur ein Stöhnen zustande und hebt schützend die rechte Hand vor seine Augen. Dass er seine Gedanken nicht artikulieren kann, beunruhigt ihn, ja, es macht ihm Angst. Bestätigt es doch, dass in seinem Hirnkasten doch noch manches durcheinander, falls nicht sogar für immer zerbrochen oder vielleicht auch nur fürs Erste noch irgendwie durch die Schmerzen miteinander verklebt ist, die, außer in seinem Kopf, in verschiedenen Teilen seines Körpers wüten, am stärksten in seinem rechten Ellbogen, der förmlich in Flammen auszubrechen schien, als er die Hand hob, um seine Augen zu schützen, die Hand, die er sich am Morgen verbrannt hat und die jetzt immer noch schmerzt, zweifellos weil er sich bei seinem Flug Richtung Betonboden unmittelbar vor dem Aufprall mit den Händen abgefangen hat.

Heilige Scheiße, sagt Ed. Alles in Ordnung?

Nach einer langen Pause bekommt Baumgartner endlich ein paar Worte über die Lippen. Schwer zu sagen, sagt er. So erfreut er registriert, dass er die Sprache nicht verloren hat, sind die Schmerzen noch zu stark, als dass er in Jubel ausbrechen könnte. Immerhin bin ich nicht tot, fährt er fort. Das ist ja schon mal was, nehme ich an.

Allerdings, sagt der Zählerableser, das ist schon eine ganze Menge. Aber sagen Sie, Sy, wo tut es weh?

Während Baumgartner die zerschlagenen Stellen seines Körpers aufzählt, schlüpft Ed in die Rolle des Sportmediziners, veranschlagt sorgfältig den möglichen Schaden an den diversen verletzten Muskeln, Sehnen und Knochen und fragt Baumgartner nach beendeter Bestandsaufnahme, ob er die Kraft hat, sich vom Boden helfen und die Treppe hinaufführen zu lassen.

Versuchen wir's, sagt Baumgartner. Ob ich es schaffe, werden wir früh genug sehen.

Und so zieht Ed Papadopoulos, ein Fremder, der Baumgartners Haus vor gerade einmal zehn Minuten betreten hat, den alten Mann mit der rechten Hand vom Boden hoch, die Taschenlampe in der Linken, schlingt den rechten Arm fest um Baumgartners Rippenkasten und macht sich an die mühselige Arbeit, ihn die schmale, wacklige Treppe hinaufzubugsieren. Alles tut ihm weh, stellt Baumgartner fest, aber am schlimmsten schmerzt das Knie, es schmerzt so sehr, dass schon der leiseste Druck im Stehen ihm als gellendes Jaulen durch die Knochen fährt, ein Jaulen, das dem schrillen Missklang von vierzig rolligen Rotluchsen gleichkommt, und doch, ermutigt von Eds fürsorglichem Eifer und zuverlässig starkem Arm, nimmt Baumgartner sich vor, sein Bestes zu tun und sich nicht zu beschweren, das Jaulen und Kreischen standhaft und in stoischem Schweigen zu ertragen. Selbst als Ed weitschweifig von seiner eigenen Knieverletzung vor vier Jahren zu erzählen beginnt, einem Meniskusriss, der ihn fast die ganze Saison außer Gefecht gesetzt und schließlich seine Baseballkarriere beendet hatte, gibt Baumgartner keinen Ton von sich, allenfalls ein gelegentliches Grunzen, und auch kein Wort und keinen Schrei, als Ed erzählt, wie nach auskurierter Verletzung sein Fastball kein Tempo mehr und sein Curveball keinen Biss mehr gehabt hatte, und das war's, tschüs, Alter, war nett, dich kennenzulernen, und nicht einmal, als Baumgartner wehrlos die Geschichte der gescheiterten Träume und der nie getrunkenen Tassen Kaffee des Ex-Werfers über sich ergehen lassen muss, eine langatmige Geschichte, die sich über die ganzen vier Minuten erstreckt, die es bis zum oberen Ende der Treppe braucht, nimmt er Ed nichts übel, vielmehr klammert er sich geradezu an das Gerede des Zählerablesers als lästige, aber willkommene Ablenkung von seinen Schmerzen.

Oben angekommen, humpelt Baumgartner, weiter von Ed gehalten, ins Wohnzimmer, wo sein Beschützer ihn vorsichtig aufs Sofa manövriert und ihm zwei bestickte Kissen als Kopfstütze unterlegt. Wir sollten Eis auf das Knie legen, sagt der junge Mann, und ehe Baumgartner ihm sagen kann, dass die Eismaschine im Kühlschrank kaputt ist, hat Ed das Zimmer verlassen. Baumgartner hört, wie das Eisfach geöffnet und wieder geschlossen wird. Sekunden später taucht Ed wieder auf, er wirkt verwirrt und verärgert zugleich. Kein Eis, sagt er und klingt dabei so unglücklich wie ein Kind, dem soeben klar geworden ist, dass es den Weihnachtsmann nicht gibt, oder wie ein jugendlicher Suchender, dem soeben klar geworden ist, dass es Gott nicht gibt, oder wie ein Sterbender, dem soeben klar geworden ist, dass es für ihn kein Morgen mehr gibt.

Machen Sie sich nichts draus, sagt Baumgartner, mir geht's gut.

Na, ich weiß ja nicht, sagt der Zählerableser. Sie sehen ziemlich angeschlagen aus, Sy. Die Haare völlig zerzaust, die Hose zerrissen und schmutzig. Wir sollten Sie ins Krankenhaus bringen und röntgen lassen. Nur um sicherzugehen, dass nichts gebrochen ist.

Niemals, sagt Baumgartner. Kein Krankenhaus, kein Röntgen. Ich brauche nur ein wenig Ruhe, bis ich mich berappelt habe. Dann bin ich im Handumdrehen wieder auf den Beinen.

Wie Sie meinen, sagt Ed und mustert seinen Patienten von oben bis unten, während kleine unsichtbare Rädchen in seinem Kopf zu kreisen beginnen. Ich will Ihnen aber wenigstens ein Glas Wasser bringen, okay?

Vielen Dank. Ein Glas Wasser wäre wunderbar.

Anderthalb Minuten später nimmt Baumgartner das Wasser entgegen, und Ed lässt sich unvermittelt auf dem Fußboden nieder und beugt sein Gesicht dicht an Baumgartners heran. Sagen Sie mir, Sy, fragt er, welches Jahr haben wir?

Baumgartner hält mitten im Trinken inne, schluckt das restliche Wasser in seinem Mund runter und sagt: Was ist das denn für eine Frage?

Tun Sie mir einfach den Gefallen, Sy. Welches Jahr haben wir?

Na, dann wollen wir mal. Wenn wir 1906 und 1687 ausschließen können, dazu noch 1777 und 1944, dann müssen wir 2018 haben. Was meinen Sie? Kommt das hin?

Ed erwidert lächelnd: Volltreffer.

Zufrieden?

Noch zwei oder drei – nur so zum Spaß.

Baumgartner stöhnt genervt auf und überlegt, ob er Ed eins auf die Schnauze geben oder aus Höflichkeit weiter mitspielen soll. Er schließt die Augen, am Scheideweg zwischen grantigem altem Knacker und ätherischem Weisen, und meint schließlich: Na schön, Doktor. Nächste Frage.

Wo sind wir?

Wo? Na, hier natürlich, wo wir immer sind – jeder und jede von uns eingeschlossen in seinem oder ihrem Hier, vom Tag unserer Geburt bis zum Tag unseres Todes.

Das stimmt schon, aber ich denke eher an so etwas wie die Stadt, wo wir sind. An den Ort auf der Landkarte, wo wir zwei uns jetzt befinden.

Ja, wenn das so ist. Wir sind in Princeton, stimmt's? Princeton, New Jersey, um genau zu sein. Eine schöne, aber langweilige Stadt, finde ich, aber das ist nur meine Meinung. Und was meinen Sie?

Ich weiß nicht. Ich war hier noch nie. Sieht ganz nett aus, aber ich lebe hier nicht so wie Sie und kann nicht viel dazu sagen.

Baumgartner hätte nicht übel Lust, Ed bei den nächsten Fragen weiter auf den Arm zu nehmen, bringt es aber nicht übers Herz. Die unerschütterliche Freundlichkeit des jungen Mannes erstickt jeden Impuls, sich über ihn lustig zu machen, und nachdem das kleine Frage-und-Antwort-

Spiel beendet ist und der Zählerableser sich überzeugt hat, dass sein Patient weder eine Gehirnerschütterung hat noch irgendwelche lebensbedrohlichen Symptome zeigt, sagt Baumgartner zu ihm, er habe bereits genug von seiner Zeit beansprucht, Ed solle sich lieber mal auf den Weg machen, er habe heute doch sicher noch mehr Zähler abzulesen, was Ed plötzlich daran erinnert, dass er in dem Durcheinander nach Baumgartners Treppensturz ganz vergessen hat, den Zähler unten abzulesen, und so schnappt er seine Taschenlampe und eilt aus dem Zimmer, um seinen ersten Auftrag als offizieller Mitarbeiter von PSE&G auszuführen.

Eds Stiefel poltern die Kellertreppe hinunter, und Baumgartner denkt über die eigenartige Kette von Ereignissen nach, an deren Ende er jetzt mit zwei pochenden Ellbogen und einem geschwollenen, schmerzenden Knie auf dem Rücken liegt, was zweifellos bedeutet, dass er sich die nächsten Wochen, wenn nicht bis zum Ende des Sommers oder gar bis an sein Lebensende nur noch hinkend wird fortbewegen können. Nicht zu ändern, sagt er sich, und dann muss er an den armen Mr. Flores denken, die grausige Sache mit den zwei abgetrennten Fingern. Wie entsetzlich muss es sein, sich selbst dabei zuzusehen, wie man dem eigenen Körper so etwas antut, denkt Baumgartner, nicht nur zu sehen, wie die Finger von seiner Hand herunterfallen, sondern auch noch zu wissen, dass man selbst für diese Verstümmelung verantwortlich ist. Soweit er gehört hat, ist es für Ärzte heutzutage Routine, abgetrennte Finger so anzunähen, dass sie wieder normal funktionieren, aber er kennt niemanden, der so eine mirakulöse Reparatur am eigenen Leib erlebt hat, und kann daher nur hoffen, dass es nicht gelogen war, als er Rosita versprochen hat, ihr Vater werde am Ende ganz wiederhergestellt sein, denn Kindern darf man keine Lügen erzählen, *niemals*, unter keinen Umständen, auch wenn diese Regel, wenn es um Erwachsene geht, manchmal gebrochen werden darf.

Unterdessen sind sein Kierkegaard-Essay und das Buch, das er mit nach oben nehmen wollte, um den angefangenen Satz abzuschließen, vollkommen in Vergessenheit geraten. Vergessen hat er auch, dass er seine Schwester anrufen wollte, ja dass er überhaupt eine Schwester hat, denn seit diese Dinge für ihn wichtige, dringende Angelegenheiten waren, ist so viel geschehen, dass sie ebenso gut Bestandteile eines anderen Lebens sein könnten. Fürs Erste will er noch ein Weilchen liegen bleiben und warten, bis Ed von seiner Ableserei aus dem Keller zurückkommt, dann wird er ihm für seine Freundlichkeit danken und ihn seiner Wege schicken. Er schließt die Augen, und ein, zwei Minuten lang schweifen seine Gedanken von einem Gegenstand zum anderen, doch bald ist kein Gegenstand mehr da, und an die Stelle von Gedanken kommen Traumbilder, die meisten von Anna, als Anna noch jung war, und eins nach dem anderen sieht er sie, wie sie ihn anlächelt, ihn böse anschaut, durch ein Zimmer wirbelt, auf einem Stuhl sitzt, auf den Zehenspitzen steht und ihre Arme zur Decke streckt.

Als er aufwacht, schließt er aus dem ins Zimmer sickernden Licht, dass etwas Zeit vergangen ist. Höchstens zehn oder fünfzehn Minuten, nimmt Baumgartner an, doch ein Blick auf die Uhr sagt ihm, es ist zehn vor eins, und folglich muss er eine Dreiviertel- oder gar eine ganze Stunde lang bewusstlos gewesen sein. Er sieht zum Couchtisch unmittelbar zu seiner Rechten und erblickt auf einem der Bücherstapel dort einen handgeschriebenen Zettel. Wenn er den lesen will, muss er den rechten Arm ausstrecken und das Blatt mit den Fingerspitzen zu sich heranangeln, wodurch er gezwungen wäre, die Funktionstüchtigkeit seines Ellbogens zu prüfen, aber zum Teufel, denkt er, sei tapfer und tu es einfach, und so tut Baumgartner es, und mag der lädierte Ellbogen auch schmerzen, sind die Schmerzen doch nicht so schlimm, als dass sie ihn mehr als ein lautes Grunzen kosten.

Lieber Sy, Sie haben geschlafen, als ich nach oben kam. Ich wollte Sie nicht stören und bin gegangen. Wenn ich mit der Arbeit fertig bin, besorge ich Ihnen einen Eisbeutel. Der wird Ihrem Knie guttun und gegen die Schwellung helfen. Ich bringe Ihnen auch eine neue Glühbirne für den Keller mit. Erwarten Sie mich zwischen 18 und 18:30. Mit freundlichen Grüßen, Ed Papadopoulos.

Bemerkenswert, denkt Baumgartner. Ein vollkommen Fremder, und macht sich solche Mühe. Die Welt ist voller Arschlöcher und egoistischer Schweine, und hier kommt dieser gutmütige Einfaltspinsel als Engel der Barmherzigkeit, und ja, Eis wird bestimmt helfen, das Knie ist äußerst empfindlich und um die Kniescheibe herum geschwollen, vollgesogen mit Blut und beschädigtem Gewebe oder was auch immer sich unter der Haut ansammelt, wenn irgendein Teil des Körpers anschwillt.

Baumgartner setzt es sich in den Kopf, Eds Vorgesetzten bei der PSE&G anzurufen und ihm von den außerordentlichen Qualitäten des Neuen in seinem Team vorzuschwärmen.

Das einzige Telefon im Erdgeschoss befindet sich in der

Küche, und beim Thema Küche stellt er plötzlich fest, dass er Hunger hat, solchen Hunger, dass er, falls er es bis dahin schafft, nicht nur den Anruf bei der PSE&G erledigen, sondern sich auch gleich etwas zu essen machen will.

Die Beine vom Sofa zu wälzen ist einfacher, als er gedacht hat, aber das Aufstehen ist eine Tortur, ebenso der erste Schritt mit dem rechten Bein, besonders als er mit dem rechten Fuß den Boden berührt. Stöhnen hilft ein wenig, aber nicht viel; die beste Lösung wäre, auf dem linken Bein durchs Zimmer zu hüpfen, doch er fürchtet, das Gleichgewicht zu verlieren und zu stürzen, dabei galt er einmal als guter Sportler, einer der Besten seiner Schule, aber das ist lang her, ein ganzes Leben lang her, wenn man bedenkt, wie viele Jahre seitdem vergangen sind, und Baumgartner sieht ein, es wäre sehr dumm, auch nur daran zu denken, das Risiko auf sich zu nehmen, selbst wenn er früher einmal so fit war, dass er seinen linken Fuß mit der rechten Hand packen und mit dem rechten Bein über das linke Bein springen konnte, ohne den linken Fuß mit der rechten Hand loszulassen. Ein Kunststück, das seinen Freunden Respekt abnötigte und den Mädchen den Atem verschlug, denn er war der Einzige, der diese bizarre, sinnlose Nummer abziehen konnte, aber das war damals, und jetzt ist jetzt, sagt er sich, und jetzt kann er nur stöhnend und vorsichtig humpelnd die Küche anpeilen und beten, dass er nicht vor dem Ziel zu Boden stürzt.

Er stürzt beinahe, stürzt aber nicht, er schafft es beinahe nicht, aber er schafft es, und als er über die Ziellinie kommt, ist er von der Anstrengung so erschöpft, dass er sich auf einen der Stühle um den Küchentisch sinken lässt. Natürlich ist es der am nächsten zu der Tür, durch die er gekommen ist, zugleich ist es der einzige, von dem aus man zum einen durchs Fenster schauen und den ganzen Garten, zum anderen durch leichte Drehung des Kopfes aber auch das ganze Zimmer überblicken kann. Schwer atmend und völlig kaputt nach dem, was er durchgemacht hat, weiß Baumgartner, es wird lange dauern, bevor er wieder aufstehen und die Expedition vom Stuhl zum Geschirrschrank und weiter zum Kühlschrank und weiter zum Herd und zur Spüle und schließlich zum Telefon an der Wand antreten kann, und so bleibt er fürs Erste einfach sitzen, eingehüllt in einen Nebel aus Schmerz und Erschöpfung, gleichgültig dafür, wohin er blickt oder was er sieht oder ob er überhaupt etwas sieht. Wie es der Zufall will, ist er auf dem Stuhl so gelandet, dass er das Zimmer vor sich hat, und während sein Atem allmählich zu einem mehr oder weniger normalen Rhythmus zurückkehrt, beginnt sein Blick im Zimmer umherzuwandern, und schließlich bleibt er an dem versengten Topf auf dem Fußboden hängen. Das war der Anfang, sagt er sich, das erste Missgeschick des Tages, das zu allen anderen Missgeschicken dieses Tages voller Missgeschicke geführt hat, und während sein Blick auf dem geschwärzten Aluminiumtopf am anderen Ende des Zimmers ruht, wandern seine Gedanken langsam von den Slapstick-Pannen des Morgens in die Vergangenheit, die ferne Vergangenheit, die am Außenrand seiner Erinnerung flimmert, und in winzigen Bruchstücken setzt sie sich eins ums andere zusammen, die verlorene Welt des Damals, und da ist er in seinem kaum fertigen, einundzwanzig Jahre alten Körper und tritt als bitterarmer Erstsemestler an der Upper West Side von Manhattan ins Licht eines Nachmittags Ende September hinaus, um in dem Secondhandladen an der Amsterdam Avenue ein paar Sachen für das erste eigene Zimmer seines Lebens zu besorgen, eine Garnitur billiger Utensilien für seine mikroskopische Kochnische, und in diesem trostlosen, aber gut bestückten Laden mit gelb gestrichenen Wänden und trüber Neonbeleuchtung geschah es, dass er zum ersten Mal Anna sah, das Mädchen mit den strahlenden, alles wissenden Augen, nicht älter als achtzehn, Studentin wie er, auch aus dieser Gegend. Kein Wort zwischen den beiden gewechselt, nur ein paar Blicke hin und her, Blicke, die das Für und Wider dessen einzuschätzen versuchten, was sich zwischen ihnen anbahnen mochte oder nicht, falls sich etwas anbahnte, ein kleines Lächeln von ihr, ein kleines Lächeln von ihm, aber das war alles, und schon verschwand sie in den Septembernachmittag, und der schüchterne Jüngling stand da wie der Tölpel, der er war und immer noch ist, und kaufte am Ende für lumpige zehn Cent diesen lausigen Aluminiumtopf, der ihn all die Jahre begleitet hat, bis ihm an diesem Morgen ein Ende gemacht wurde.

Acht Monate vergingen, bevor er ihr wieder begegnete, aber natürlich erinnerte er sich noch an sie, und aus Gründen, die ihm immer noch unerklärlich sind, erinnerte sie sich auch noch an ihn, und da fing es an, ganz allmählich fing es an, bis sie fünf Jahre später verheiratet waren und sein wahres Leben begann, sein einzig wahres Leben, das währte, bis sie vor neun Sommern in die Brandung vor Cape Cod stürmte und in die verhängnisvolle Monsterwelle geriet, die ihr das Rückgrat brach und sie tötete, und seit diesem Nachmittag, seit diesem Nachmittag – *nein*, sagt sich Baumgartner, da musst du jetzt nicht hin, du erbärmlicher Versager, lass das, hör auf, diesen Topf anzustarren, Idiot, oder ich erwürge dich mit meinen eigenen zwei Händen.

Also wendet Baumgartner den Blick von dem Topf auf dem Boden und schaut in den Garten hinaus, eigentlich nur ein Fleckchen schlecht gepflegten Rasens und ein einzelner Hartriegelstrauch, der noch nicht blüht, aber schon Knospen hat, und sieh mal, sieh mal einer an, sagt er sich, da ist ein Rotkehlchen im Gras gelandet, zweifellos um das Gelände zu erkunden und Würmer zu jagen, und da, sieh doch, es hat einen gefunden, es zieht ihn mit dem Schnabel aus der Erde, und *zack*, schleudert es ihn ins Gras und hüpft erst einmal ein wenig, schaut sich nach anderen Dingen um, und dann stürzt es sich wieder auf den Wurm, schüttelt ihn im Schnabel hin und her, beißt ein Häppchen ab, wirft ihn, *zack*, wieder auf den Boden, hüpft noch ein bisschen und senkt ein letztes Mal den Kopf, um sich den Wurm zu schnappen und ihn mit einem einzigen Schluck zu verschlingen.

Baumgartner lässt das Rotkehlchen nicht aus den Augen, unermüdlich geht es seinen Geschäften nach und verschlingt einen Wurm nach dem anderen, denn unter der Grasnarbe stecken viele dieser kleinen Kreaturen, sehr viel mehr, als er sich je hat vorstellen können, und während das Rotkehlchen sie weiter aus der Erde zerrt, fragt er sich, wie Würmer schmecken und wie es sich anfühlt, so einen sich windenden, lebendigen Wurm in den Mund zu stecken und herunterzuschlucken.

2

Baumgartner arbeitet an einer neuen Idee. Es ist jetzt Juni, das kleine Buch über Kierkegaard ist fertig, das lädierte Knie fast wieder schmerzfrei, und seit Neuestem beschäftigt er sich mit jenem vertrackten, verzwickten Körper-Geist-Rätsel, das als *Phantomschmerz-Syndrom* bekannt ist. Die Idee, vermutet er, hatte sich im April in ihm festgesetzt, nachdem Rosita ihm von dem Unfall ihres Vaters an der Kreissäge erzählt hatte, ohne ihm freilich Genaueres berichten zu können, aber Baumgartner hatte die Lücken selbst ausgefüllt und die blutige Szene in den Stunden darauf so oft in seinem Kopf durchgespielt, bis es ihm vorkam, als habe er das Sägeblatt mit eigenen Augen ins Fleisch des Zimmermanns eindringen sehen. Glücklicherweise konnten Mr. Flores' abgetrennte Finger noch am selben Vormittag wieder angenäht werden, doch wie Baumgartner seitdem herausgefunden hat, glaubt in Fällen endgültiger Amputation nahezu jeder, der einen Arm oder ein Bein verliert, danach noch Jahre später, die fehlende Gliedmaße sei weiterhin mit dem eigenen Körper verbunden, oft begleitet von heftigen Schmerzen, Jucken, unwillkürlichen Krämpfen und dem Gefühl, das betreffende Glied sei geschrumpft oder auf unerträgliche Weise verkrümmt. Baumgartner hat die Arbeiten von Mitchell, Sacks, Melzack, Pons, Hull, Manchicant, Ramachandran, Collins, Barbin und zahlreichen anderen durchgeackert, auch wenn er sich im Klaren darüber ist, dass sein eigentliches Interesse nicht so sehr den biologischen und/oder neurologischen Aspekten dieses Syndroms gilt als vielmehr seinem Potenzial als Metapher für menschliches Leid und Verlust.

Es ist das Sinnbild, nach dem Baumgartner seit Annas plötzlichem, unerwartetem Tod vor zehn Jahren ständig gesucht hat, das überzeugendste und stärkste Analogon zur Verdeutlichung dessen, was los ist mit ihm seit diesem heißen, windigen Nachmittag im August 2008, als die Götter es für angebracht hielten, ihm seine Frau zu entreißen, seine Frau in der vollen Blüte ihres noch jungen Lebens, womit zugleich ihm selbst sämtliche Gliedmaßen vom Leib gerissen wurden, alle vier, Arme und Beine, und wenn ihm bei der Attacke auch Kopf und Herz geblieben waren, so doch nur, weil die verruchten, kichernden Götter ihm das zweifelhafte Privileg verliehen hatten, ohne Anna weiterzuleben. Er ist ein menschlicher Stumpf, ein halber Mann, der die Hälfte seiner selbst, die ihn zu einem Ganzen machte, verloren hat, und ja, die fehlenden Gliedmaßen sind noch da, und sie tun immer noch weh, so weh, dass er manchmal das Gefühl hat, sein Körper sei drauf und dran, in Flammen aufzugehen und ihn zu verschlingen.

Die ersten sechs Monate lebte er in einem Zustand so abgrundtiefer Verwirrung, dass er Annas Tod morgens beim Aufwachen oft vergessen hatte. Sie war immer früher aufgestanden als er, mindestens eine Dreiviertel- oder ganze Stunde lang schon auf den Beinen, bevor er auch nur die Augen aufbekam, das heißt, er war es gewohnt, aus einem leeren Bett zu steigen und wie ein Schlafwandler in eine leere Küche zu wanken, um sich einen Becher Kaffee zu machen, in der Regel begleitet vom schwachen Klappern ihrer Schreibmaschine in dem kleinen Zimmer am anderen Ende des Erdgeschosses oder vom Geräusch ihrer Schritte in einem der oberen Zimmer oder manchmal auch von gar keinen Geräuschen, was nur bedeutete, dass sie ein Buch las oder aus dem Fenster schaute oder sich anderswo im Haus still beschäftigte. Das erklärt, warum er diese grotesken Aussetzer immer nur morgens hatte, bevor er zu vollem Bewusstsein gelangt war und noch wie benommen im Bann alter, im jahrelangen Miteinander mit Anna entstandener Gewohnheiten seinen Geschäften nachging, wie an dem Morgen nur zehn Tage nach der Beerdigung, als er sich mit seinem dampfenden Becher Kaffee auf einen Küchenstuhl setzte und vor sich auf dem Tisch einen wüsten Haufen aufgeschlagener Zeitschriften erblickte. Eine Seite ragte besonders auffällig zwischen den anderen hervor, offenbar eine Seite der *New York Times Book Review* mit der Überschrift: «Wie das Wetter ist.» Die Rezension galt einem Buch mit dem Titel *Waters of the World*, und dessen Autorin hieß Sarah Dry.

Waters of the World – Sarah Dry!

Die Kombination war so überraschend und doch so primitiv in ihrer kindischen Symmetrie, dass Baumgartner ein verblüfftes Lachen ausstieß, beide Hände auf den Tisch klatschte und sich vom Stuhl erhob.

Anna, hör dir das an, sagte er, schon auf dem Weg ins Wohnzimmer. Du wirst dir vor Lachen in die Hose machen.

Sie muss im Wohnzimmer sein, dachte er, denn ihre Schreibmaschine ist stumm, und die Dielenbretter oben lassen nichts von sich hören. Also liegt sie gemütlich mit einem Buch auf dem Sofa, einen Bleistift in der Hand, um

33

interessante Stellen anzustreichen, und wenn sie den Stift in diesem Augenblick nicht benutzt, hat sie ihn zweifellos im Mund und kaut versonnen auf dem Metallstreifen um den rosa Radiergummistummel am Ende herum. All diese Bilder gingen ihm durch den Kopf, als er in einem Nebel von Vergessenheit zu ihr ging – und dann in das leere Wohnzimmer trat und sich erinnerte. Mit einem Schlag war er in Gedanken wieder auf der Beerdigung, stand zehn Tage zuvor mit den anderen am offenen Grab in der schweren, tosenden Luft, die der von der Küste hereinziehende Tropensturm mit sich brachte, ein stetig zunehmender Wind mit Böen dazwischen, manche so stark, dass eine davon seiner Schwester den Hut vom Kopf riss und hoch in die Luft entführte, ein wirbelndes schwarzes Ding, das hakenschlagend wie ein durchgedrehter Vogel über den Himmel sauste, bis es schließlich in den oberen Ästen eines Baums zur Ruhe kam.

Die Trauerbegleiterin sagte: Sie sind noch wie betäubt. Ihnen ist noch nicht klar, was Ihnen geschehen ist.

Was immer geschehen ist, erwiderte Baumgartner, ist nicht mir geschehen, sondern Anna. Deswegen ist sie tot, und weil ich ihren toten Körper auf dem Strand gesehen habe und weil ich diesen toten Körper in meinen Armen getragen habe, ist mir vollkommen klar, was ihr geschehen ist. Mich ärgert nur, dass sie unbedingt noch ein letztes Mal ins Wasser gehen wollte, obwohl der Wind stark aufgefrischt hatte und das Meer aufgewühlt war, mit immer höher anrollenden Wellen, aber als ich ihr sagte, es sei schon spät und wir sollten zum Haus zurück, lachte sie nur und rannte in die Brandung hinaus. Typisch Anna, die Frau, die immer tat, was sie wollte und wann sie es wollte, und ein Nein nicht gelten ließ, impulsiv und übermütig und obendrein eine fantastische Schwimmerin.

Sie machen sich Vorwürfe, sagte die Trauerbegleiterin. So hört es sich für mich an.

Nein, ich werfe mir nichts vor. Jeder Versuch, ihr das auszureden, wäre sinnlos gewesen. Sie war nicht der Typ, der sich herumschubsen oder Befehle geben ließ. Sie war erwachsen, kein Kind, und ihre erwachsene Entscheidung lautete, dass sie noch einmal ins Wasser gehen wollte, und ich dachte gar nicht daran, sie aufzuhalten. Dazu hatte ich kein Recht.

Wenn keine Vorwürfe, dann vielleicht Bedauern oder Reue?

Nein und noch mal nein. Ich sehe Ihnen an, Sie denken, ich sträube mich gegen Sie, aber das tue ich nicht. Es ist nur so, dass wir uns erst einmal über die Begriffe einigen müssen, bevor wir miteinander ins Gespräch kommen können. Ja, sie wäre noch am Leben, wenn sie nicht noch einmal ins Wasser gegangen wäre, aber wir wären dann auch nicht über dreißig Jahre lang zusammengeblieben, wenn ich Dinge getan hätte wie zum Beispiel zu versuchen, sie davon abzuhalten, ins Wasser zu gehen, wenn sie das wollte. Das Leben ist gefährlich, Marion, und jedem von uns kann jeden Augenblick etwas zustoßen. Sie wissen das, ich weiß das, jeder weiß das – und wer es nicht weiß, tja, der hat nicht richtig hingesehen, und wer nicht richtig hinsieht, geht am Leben vorbei.

Wie fühlen Sie sich jetzt, in diesem Augenblick?

Elend, unglücklich. In tausend Stücke zerschlagen.

Mit anderen Worten: dissoziiert, nicht ganz Sie selbst.

Mag sein. Aber soweit ich in der Lage bin zu verstehen,

was ich zurzeit durchmache, kann ich aufrichtig sagen, es ist nicht so, dass ich mir selber leidtue, ich wälze mich nicht in Selbstmitleid und klage das Schicksal an: Warum ich? Warum *nicht* ich? Menschen sterben. Sie sterben jung, sie sterben alt, und sie sterben mit achtundfünfzig. Sie fehlt mir, das ist alles. Sie war die Einzige auf der Welt, die ich jemals geliebt habe, und jetzt muss ich herausfinden, wie ich ohne sie weiterleben kann.

An jenem Abend vor zehn Jahren ging Baumgartner nach seiner ersten und letzten Sitzung mit Marion, der Trauerbegleiterin, in Annas kleines Arbeitszimmer im Erdgeschoss und sah stundenlang ihre Papiere und Manuskripte durch. Der Wandschrank war vom Boden bis zum Kinn mit den Rohfassungen und Fahnenabzügen ihrer veröffentlichten Übersetzungen vollgestopft, fünfzehn oder sechzehn Bücher aus den vergangenen fünfundzwanzig Jahren, die meisten aus dem Französischen oder Spanischen, zwei aber auch aus dem Portugiesischen, ungefähr je zur Hälfte Romane und Gedichtsammlungen, die er allesamt zwei- oder dreimal gelesen hatte und bestens kannte, also machte er den Wandschrank zu und ging zu dem Aktenschrank in einer Ecke des Zimmers, vier sehr breite und tiefe Schubladen, in denen sie ihre eigenen Sachen in verschiedenen Stadien der Fertigstellung aufbewahrt hatte, ein dicker Packen Gedichte von der Highschool bis zu einem Tag drei Wochen bevor sie ertrunken war, Typoskripte von abgebrochenen Romanen mit handschriftlichen Korrekturen, mehrere Kurzgeschichten, ein Dutzend Buchkritiken und in der untersten Schublade eine Schachtel mit autobiografischen Aufzeichnungen. Baumgartner nahm die Schachtel, trug sie zu ihrem Schreibtisch, setzte sich auf ihren Stuhl und hob den Deckel ab. Zuoberst auf dem Stapel lag ein Manuskript, zusammengehalten von einer rostigen Büroklammer, also wohl ziemlich alt, geschrieben vor vielen Jahren, vielleicht in der Anfangszeit ihrer Ehe, vielleicht sogar noch früher. Er nahm es heraus und begann zu lesen.

Frankie Boyle

Damals, am frühen Morgen der Kindheit, als Dreikäsehoch von fünf und sechs und sieben und acht, war Baseball mein Sport, und ich spielte mit den Jungen, was ich mir erkämpfen musste, indem ich Marvin Howells, dem Leithund des Rudels, die Nase blutig schlug, und nachdem ich mir den Respekt der anderen verschafft hatte und bei ihren Spielen nach der Schule und an den Wochenenden mitmachen durfte, erwies ich mich als so gut wie nur einer und besser als die meisten, denn in jenen Tagen meiner androgynen Kleinmädchenblüte konnte ich schneller laufen als sie alle und rückte zum Centerfielder aller Teams auf, bei denen ich spielte. Flinke Beine und Füße, aber auch mein Wurfarm war nicht schlecht, denn ich war ein Mädchen, das nicht warf wie ein Mädchen, sondern wie ein Junge, und auch wenn mir noch die Muskeln fehlten, besonders kraftvoll zu schlagen, knallte ich ihnen ein Single nach dem anderen um die Ohren und manchmal sogar ein Double, so viele Singles, dass ich selten nicht auf Base war, was meinen Stand als erster Batter und Hauptinitiator gewonnener Innings festigte. Dann wurden wir alle neun, und die Hüter der Ignoranz verpassten mir den ersten derben Schlag ins Gesicht. Wir waren jetzt alt genug für die Little League und durften uns nach Jahren in öffentlichen Parks und irgendwelchen Gärten erstmals im organisierten Baseball versuchen, einer herrlichen neuen Welt mit richtigen Spielfeldern, Mannschaftsuniformen, Trainern, Schiedsrichtern und Zuschauertribünen, einer Miniaturversion des Originals, doch nach den damaligen Regeln, den mittelalterlichen Regeln, die noch zu lange galten, als dass ich von ihrer Abschaffung hätte profitieren können, waren in der Little League nur Jungen zugelassen, und so wurde dem flinkfüßigen Allround-Hitter, der ich war, der Eintritt in dieses Zauberreich verwehrt, und das war das Ende meiner Karriere im Großen Amerikanischen Zeitvertreib.

Ist doch kein Beinbruch, wie wir damals zu sagen pflegten, aber ich nahm die Enttäuschung schwer und schmollte länger, als mir guttat, mehr oder weniger fast ein ganzes Jahr lang, und mein einziger Trost war der Sportunterricht, der noch bis Ende der Grundschule in gemischten Klassen stattfand, also immerhin bis wir elf, zwölf Jahre alt waren, die gemischten Softball- und Völkerball-Partien, in denen ich mich weiter gegen die Gesalbten mit ihren mickrigen Pimmeln und ihren nagelneuen weißen Little-League-Uniformen behaupten konnte, diese Glücklichen, die sich jetzt gegen mich gewandt hatten und mir unbedingt beweisen wollten, dass ich ja doch nur ein läppischer, schlapper weiblicher

Niemand war, und wie gut fühlte es sich dann an, wenn ich ihre Line Drives im linken Centerfield abfing und ihre sicheren Base Hits zunichtemachte, gefolgt von dem noch größeren Vergnügen zu beobachten, wie sie in sprachloser Entrüstung die Hände sinken ließen, wenn ich den Ball in aller Seelenruhe ins Infield zurückwarf, oder wenn wir bei feuchtem Wetter oder im Winter in der Halle spielten, mit welcher Genugtuung ich ihnen beim Völkerball meine gefürchteten Bälle in die Visage knallte, unter anderem auch demselben Marvin Howells die Nase blutig schlug, dem ich Jahre zuvor schon einmal die Nase blutig geschlagen hatte. Das Allerbeste, weil es mir die größte Befriedigung verschaffte, waren die Wettrennen, die wir nach der Schule veranstalteten, wenn ich sie herausforderte, auf der Sechzig-Yard-Strecke gegen mich anzutreten, einer gegen eine, draußen auf dem Sportplatz nach der Drei-Uhr-Glocke, ein Mädchen gegen einen Jungen unter den Augen der anderen Jungen. In den ersten zwei Jahren habe ich jedes Mal gewonnen, und diese Siege gaben mir solches Selbstvertrauen, dass ich zu der irrigen Schlussfolgerung kam, ich sei mit meiner Schnelligkeit für alle Zeit unbesiegbar, aber dann kam das dritte Jahr und mit ihm ein gewisser Frankie Boyle, ein schlanker und aufgeweckter junger Herr von untadeligem Charakter, der einzige Junge in der Klasse, der sich nicht gegen mich gewandt hatte und immer noch mein Freund war und den ich früher zweimal im Wettlaufen geschlagen hatte, und dieser Frankie, der bis dahin immer ein wenig kleiner gewesen war als ich, hatte über den Sommer einen enormen Wachstumsschub hingelegt und war zu Beginn unseres sechsten Schuljahrs plötzlich fast zehn Zentimeter größer als ich, selbst wenn ich mich auf die Zehenspitzen stellte, und dann waren wir an einem schönen Septembernachmittag zwei Tage nach dem ersten Schultag wieder auf dem Sportplatz, umringt von der üblichen Jungenclique, die ihren Helden anfeuerte, und dieses Mal verlor ich, verlor nach Strich und Faden, denn Frankie Boyle überholte mich schon mit dem siebten oder achten Schritt, vergrößerte seinen Vorsprung bis zur Ziellinie immer weiter und lief mir so schnell davon, dass ich erst rund eine Sekunde nach ihm ankam. Ich erinnere mich an die johlenden Zuschauer und ihre höhnischen Kommentare – *Das war's dann mit dir* oder *Ausgeschlappt, die Schlampe* und Ähnliches –, während Frankie Boyle, das werde ich ihm nie vergessen, dieser Junge mit seinem grenzenlosen Mitgefühl, nicht etwa stehen blieb, um sich im Jubel der anderen zu baden, sondern mir einen Arm um die Schultern legte (das erste Mal, dass ein Junge das getan hatte), mich vom Schulgelände führte und mir erklärte, das sei kein faires Rennen gewesen, weil er jetzt so viel größer und stärker sei als ich, geradezu ein Schwergewichtler, während ich noch ein Weltergewichtler sei, und wer habe jemals gehört, dass ein Weltergewichtler einen Schwergewichtler k.o. geschlagen habe, aber unabhängig von der Gewichtsklasse, sagte er, sei ich die beste Läuferin der Schule, die beste Läuferin in ganz New Jersey, und falls ich, wenn ich einmal alt genug für das amerikanische Team sei, für die

Olympischen Spiele trainieren wolle, werde er mich betreuen und mich so gut und schnell machen, dass ich am Ende die Goldmedaille holen werde, und zwar in Weltrekordzeit. Das war so ziemlich das Freundlichste, was jemals jemand zu mir gesagt hat, aber geschlagen war ich dennoch, und mir war klar, meine Niederlage auf dem Sportplatz an diesem Tag war nur die erste von weiteren, die mich in den nächsten Monaten erwarteten. Statt untätig über das Nachlassen meiner Kräfte Trübsal zu blasen, zog ich mich still und leise von diesen Mädchen-gegen-Jungen-Wettläufen zurück und suchte mir neue Aktivitäten zur Befriedigung meines Bewegungsdrangs, denn Bewegung war es, was mein rastloser Körper in starken, regelmäßigen Dosen von mir zu verlangen schien, und so schaltete ich innerlich in einen anderen Gang und trieb mich jedes Wochenende auf Partys herum, wo ich nächtelang tanzte wie eine wahnsinnige Wilde, bis ich am Ende allein auf der Tanzfläche war, oder ich stürzte mich in Seen, Teiche und Ozeane und schwamm, eine mir bis heute liebe Erinnerung, in einem Zustand *begeisterter Einsamkeit*, ohne an etwas anderes zu denken als an die Bewegungen meiner Arme und Beine, mein Kopf vollkommen leer, versunken in eine Trance, die mich von mir selbst loslöste und eins mit dem Wasser machte. Schwerelos und allein glitt ich, indes meine flache Brust sich mit den ersten Anzeichen der kommenden Veränderungen zu wölben begann, in meinem einteiligen Badeanzug dahin, weder hier noch dort noch irgendwo anders in der unheimlichen Welt, die sich um mich drehte.

Was den sanftmütigen Frankie Boyle betrifft, so fing ich Feuer für ihn in dem Augenblick, als er mir die Hand auf die Schulter legte und mich vom Schulgelände führte. Die Hand war das Entscheidende, der Strom, der mir durch den Körper fuhr, als er mich berührte, und weiterfloss, solange er meine Schulter hielt, seinen Arm auf meinem Rücken beließ und mir all diese beschwichtigenden und sonderbaren Dinge sagte, um mich aufzumuntern und mir über meine Entthronung als König der Sechzig-Yard-Strecke hinwegzuhelfen und mich im selben Atemzug zur Königin aller Laufdistanzen zu machen. Ich war nicht nur an diesem Nachmittag in ihn verliebt, sondern liebte ihn das ganze sechste Schuljahr hindurch, und das, obwohl seine strengen Eltern ihn nie zu den Wochenendpartys gehen ließen, was unsere Möglichkeiten zum Knutschen und Kuscheln stark einschränkte, sosehr wir beide uns danach sehnten, obwohl wir nur drei- oder viermal dazu kamen, weil immer andere Kinder um uns waren. Nach Abschluss der Grundschule am Ende dieses Jahres verloren wir uns über den Sommer aus den Augen, und als ich im Herbst mit den meisten aus unserer alten Klasse auf die Junior High wechselte, war Frankie nicht mehr dabei. Seine Eltern hatten ihn auf die Katholische Schule geschickt, wobei das Schlimmste daran war, dass diese Schule mehrere Ortschaften entfernt in South Orange stand, *Our Lady of Sorrows* hieß sie, so ziemlich der übelste Name, den man je einer Schule verliehen hat, auch wenn er durchaus dem Schmerz entsprach, den ich empfand, als er mir die Neuigkeit am Telefon mitteilte. Wir telefonierten in diesem September noch ein paarmal und sprachen, ungeschickt, wie wir waren, fast nur darüber, wie düster und hoffnungslos die Welt geworden war, aber da wir damals noch Kinder waren und im Alltag nichts mehr miteinander zu tun hatten, hörten die Anrufe schließlich auf.

Danach riss der Kontakt für einige Jahre ab, doch plötzlich, mitten im elften Schuljahr, war Frankie wieder da, in der Tankstelle seines Vaters am Stadtrand, wo er seit Neuestem an Samstagvormittagen und Sonntagnachmittagen arbeitete, jetzt siebzehn Jahre alt, groß und breitschultrig und einnehmend wie immer. Unsere Freundschaft blühte wieder auf, als wären die viereinhalb Jahre Unterbrechung in vierzehn Sekunden verstrichen, was sich seltsam anhört, aber gar nicht seltsam war. Sicher, ich hatte mittlerweile viele Jungen geküsst und mit einem von ihnen meine Unschuld verloren, und Frankie war so aufmerksam, mir gleich an diesem ersten Vormittag ein Foto seiner Freundin zu zeigen, die er eines Tages heiraten wollte, und mir auf diese sanfte und feinfühlige Weise zu sagen, dass er für mich nicht mehr zu haben war, doch der junge Mr. Boyle hatte nichts von seinem Zauber für mich verloren, ich war ihm immer noch so zugetan wie damals als Weltergewichtler, weshalb ich weiter mit ihm flirtete, wann immer ich ihn an den Wochenenden besuchte, und auch er flirtete mit mir, nannte mich Rote (wegen meiner rötlich braunen Haare), und ich nannte ihn Flash (nach Fordham Flash, dem Spitznamen eines anderen

Frankie, dem alten Second Baseman Frankie Frisch). Nichts als spaßhaftes, albernes Geplänkel von Kindheitsfreunden, aber trotzdem wohltuend, schließlich waren wir streng genommen keine Kinder mehr, sondern schon halbe Erwachsene.

Frankies Arbeit in Boyles Tankstelle und Autowerkstatt war nicht allzu anstrengend, hauptsächlich musste er Windschutzscheiben reinigen, Super oder Normal in Tanks einfüllen, Ölstand und Reifendruck prüfen. In diesem ersten Frühjahr nach unserem Wiedersehen schaute ich nicht regelmäßig bei ihm vorbei, nur alle zwei oder drei Wochen, achtete aber immer darauf, kurz vor Ende seiner Schicht zu erscheinen, und wenn er für die Stunden nach der Arbeit sonst nichts vorhatte, fuhren wir im Auto meiner Mutter durch die Gegend und unterhielten uns. Ich kann mich nicht mehr genau daran erinnern, worüber wir sprachen, weiß aber noch ein paar Bruchstücke, da ging es zum Beispiel um Albert Camus, um Beatles oder Stones, den Sechs-Tage-Krieg in Israel und darum, dass Frankie, obwohl er aus einer erzkonservativen Familie stammte und sein Vater als Soldat an der Schlacht von Anzio teilgenommen hatte und voll hinter dem Vietnamkrieg stand, genau wie ich gegen diesen Krieg war, was uns noch etwas mehr zusammenschweißte.

Es war eine schreckliche Zeit, jung zu sein, vor allem für junge Männer, die auf die achtzehn und auf das Ende der Highschool zugingen, und vor allem gerade damals, in der zweiten Jahreshälfte 1967 und der ersten Jahreshälfte 1968, als an der Heimatfront alles aus den

Fugen geriet und die Einberufungsbehörden wie am Fließband Zehntausende Heranwachsende abfertigten und zum Kampf für eine Sache, die keiner von ihnen verstand, in irgendwelche Dschungel am anderen Ende der Welt verfrachteten. Das war unser letztes Schuljahr, er an der Livingston High, ich an der Seton Hall Prep, und während in den ersten Monaten des Jahres 68 Johnson seinen Verzicht auf eine zweite Amtszeit erklärte und in Memphis Martin Luther King erschossen wurde und Dutzende Städte im ganzen Land in Flammen standen, kam Mary Ellen Soundso, seit drei Jahren Frankies Freundin, im Mai auf die großartige Idee, seinen Gefühlswirrwarr noch zu steigern und mit ihm Schluss zu machen, plötzlich war er für sie ein trübsinniger Langweiler und nicht mehr der Junge, den sie einmal geliebt hatte, dazu kamen die immer heftigeren Streitereien mit seinem Vater, der ihn, weil er gegen den Krieg war, als Feigling und Kommunisten beschimpfte, und nur über seine Leiche werde Frankie von ihm Geld fürs College bekommen, wenn er sich nicht bessere und tue, was von ihm erwartet werde. Und in diesem Tohuwabohu, in den Wochen zwischen der Ermordung Bobby Kennedys und dem Ende der Highschool, klammerten Frankie und ich uns aneinander und hatten unsere kleine Affäre, exakt vier ebenso verzweifelte wie grandiose splitternackte Liebesexzesse auf der Rückbank des Buicks meiner Mutter, tief im Wald der South Mountain Reservation, wo uns nicht einmal die Eulen sehen konnten. So glücklich ich in Frankies Armen war, begriff ich doch, dass wir keine gemeinsame Zukunft hatten, dass uns die Umstände früher oder später wieder auseinanderbringen würden, was es nur umso drängender machte, dass wir uns jetzt aneinander festhielten, koste es, was es wolle.

Aber Frankie geriet immer mehr ins Trudeln, und schließlich verlor er endgültig das Gleichgewicht. Er hatte Zusagen von drei oder vier Colleges erhalten, darunter von Rutgers, der Universität von New Jersey, wo die Studiengebühren ziemlich niedrig waren, sodass Frankie, selbst wenn sein Vater sein Versprechen wahr machen und ihm jegliche Unterstützung verweigern sollte, die Möglichkeit hatte, sich mit einem Studiendarlehen oder einem Stipendium oder einem Job an der Uni oder einer Kombination von all dem zu behelfen und für ein Studium einzuschreiben, und damit die Chance, für die nächsten vier Jahre vom Wehrdienst zurückgestellt zu werden. Es war die einzige vernünftige Entscheidung, die ein junger Kriegsgegner damals treffen konnte, und er sprach fast das ganze Frühjahr so, als habe er genau das vor, aber dann, von einem Tag zum nächsten, war davon keine Rede mehr.

Er hat mir seinen Sinneswandel nie richtig erklärt, entweder weil er nicht konnte oder nicht wollte oder es selbst nicht ganz verstanden hat, aber ich selbst habe in den Jahren seither oft und gründlich darüber nachgedacht und glaube, Frankie hat gegen seinen Vater rebelliert, der ihn zwei Jahre lang unablässig als Schwächling und rückgratloses, antiamerikanisches Muttersöhnchen attackiert hatte, was mehr war als eine plump politische Meinungsäußerung, nämlich ein Frontalangriff auf Frankies Männlichkeit, und als stolzer junger Mann, der seinen Vater für diese idiotische Grausamkeit verachtete, dabei aber zu höflich und zu anständig war, ihm zu widersprechen und sich solche Anwürfe zu verbitten, brachte er ihn damit zum Schweigen, dass er nun erst recht zur Army gehen wollte, und zwar unmittelbar nachdem er die Highschool beendet hatte. Frank senior freute sich zweifellos über den Entschluss seines Sohnes, Tatsache aber war, dass Frankie es nicht getan hatte, um seinen Vater zu erfreuen, sondern um ihm eins auszuwischen, um ihn zu ärgern, auch wenn er selbst sich dessen kaum bewusst war.

Wie habe ich geweint und wie habe ich ihn angefleht und was habe ich ihm in den Tagen darauf für Szenen gemacht, aber ich konnte mich aufführen, wie ich wollte, es hat alles nichts genützt. Frankie war seltsam mit sich im Reinen, und die ganze Zeit, bis er in der örtlichen Rekrutierungsstelle den Eid ablegte, war er in einer geradezu überschwänglichen, heiteren Stimmung, als habe sich das Klavier, das er in den vergangenen zwei Jahren auf dem Rücken getragen hatte, in Luft aufgelöst, und er könne sich wieder frei bewegen, unbelastet von Zweifeln und Grübeleien und der Verbitterung, die das Schleppen einer so schweren Last mit sich bringt.

«Wenn man darüber nachdenkt, ist es eigentlich gar nicht so schlecht», sagte er. «Ich schenke Uncle Sam zwei Jahre meines Lebens, und als Gegenleistung bekomme ich als ehemaliger Soldat vier Jahre College geschenkt, bin dann also unabhängig und brauche meinen Vater nicht um das Geld fürs Studium anzubetteln.» Alles schön und gut, sagte ich, aber was, wenn sie dich im Dschungel absetzen und dir fliegen aus einem Hinterhalt die Kugeln um die Ohren? «Keine Sorge», sagte er strahlend. «Wenn ich mit elf der fabelhaften Anna Blume davonlaufen konnte, werde ich jetzt mehr als schnell genug sein, diesen Kugeln davonzulaufen.»

Frankie Boyle gelangte nie in die Dschungel Vietnams. Fünf Wochen nach Beginn der Grundausbildung in Fort Dix kam es zu einem Unglück, ein Raketenwerfer hatte eine Fehlzündung und explodierte in seinen Händen. Die Explosion riss seinen Körper in Stücke, die Fetzen wirbelten in alle Richtungen davon und fielen zur Erde. Sanitäter suchten über zwei Stunden lang das Gelände nach den verstreuten Überbleibseln ab, sammelten Reste von Fingern und Zehen ein, von Armen und Beinen, von Händen und Füßen, zahllose unkenntliche Brocken versengten Fleischs und zersplitterter Knochen, doch als die Sonne unterging und es dunkel wurde, mussten sie die Suche schließlich abbrechen. Trotz aller Anstrengungen war am Tag seiner Beerdigung von Frankie Boyle nur noch wenig übrig, gerade einmal einundsechzig Pfund von ihm in seinem Sarg.

Davon hatte Baumgartner gewusst. Schon 1969, bei seinen ersten Unterhaltungen mit Anna, war sie auf Frankie Boyles Auslöschung zu sprechen gekommen, diesen entsetzlichen Horror, sagte sie, der sie wie ein Schwerthieb getroffen und eine *klaffende Wunde in ihrer Seele* hinterlassen habe. Sie hatte ihm auch erzählt, nach dem Eintreffen der Nachricht von dem Vorfall in Fort Dix habe sie zehn Stunden lang in ihrem Erstsemestler-Wohnheimzimmer an der Barnard gesessen und *sich das Herz aus dem Leibe geweint*, geweint, wie sie nie zuvor geweint habe und dies auch nie wieder tun werde, denn so heftig und so lange zu weinen, laufe auf Selbstzerstörung hinaus, ein Körper sei nicht dafür gebaut, Beben dieser Stärke mehr als ein Mal im Leben auszuhalten. Davon hatte sie in ihrem Stück nichts geschrieben, und so stand darin nichts wesentlich Neues für ihn, und doch, und viel wichtiger, es wühlte ihn furchtbar auf, diese ihre Jugenderinnerungen über die Seiten des vergilbten Manuskripts tanzen zu sehen, denn beim Lesen ihrer Worte hatte er das Gefühl, Annas Stimme steige aus dem Papier, sie spreche leibhaftig zu ihm, dabei war sie doch tot, nicht mehr da, und würde bis an sein Lebensende nie mehr ein Wort zu ihm sagen.

Baumgartner schwenkte den Stuhl nach links und sah nach Annas alter mechanischer Schreibmaschine. Sie stand auf einer ausziehbaren Holztafel, die aus einem zollhohen rechteckigen Schlitz unter der Schreibtischplatte ragte, der Schreibtisch ein massives, mahagonidunkles Relikt aus den Dreißiger- oder Vierzigerjahren, das sie, eine Woche bevor sie New York verließen und in das Haus an der Poe Road in Princeton gezogen waren, für sechzig Dollar in einem Secondhand-Möbelladen an der Columbus Avenue gekauft hatte. Die Schreibmaschine hatte sie von ihren Eltern zum fünfzehnten Geburtstag geschenkt bekommen – 7. Mai 1965 –, und diese dunkelgrau-blassgrüne Smith-Corona-Reisemaschine hatte sie bis zum Ende benutzt, abgesehen von einer kurzen Unterbrechung, als sie versuchsweise auf einen Desktop-Computer umstieg und feststellte, dass ihr das nicht gefiel, hauptsächlich weil ihr die Tastatur zu weich war und sie davon Fingerschmerzen bekam, wie sie sagte, während das Hämmern auf den widerspenstigeren Tasten der alten Maschine ihre Hände kräftigte, also kam sie wieder davon ab, schenkte den Mac dem siebzehnjährigen Sohn ihrer ältesten Cousine und kehrte zu dem sinnlichen Vergnügen zurück, Papierbögen in die Smith Corona zu spannen und ihr Zimmer mit lauter Spechtmusik zu füllen. Die drang durch Wände und Zimmerdecke und zog leise in alle Winkel des Hauses, und wo immer Baumgartner gerade auch war, er liebte es, diesem gedämpften Feuerwerksgeprassel zu lauschen, ob er nun im Erdgeschoss umherstreifte oder oben in seinem Arbeitszimmer an seinem eigenen Schreibgerät hockte, tatsächlich einem Computer, denn ein Computer musste es sein, da er an einer Universität arbeitete und seine Fakultät zusammen mit allen anderen Fakultäten und Verwaltungseinheiten auf EDV umgestiegen war. Als freiberufliche Übersetzerin und Schriftstellerin war Anna ihre eigene Chefin und konnte ihre Arbeit machen, wie und wo sie wollte, und das hieß, sie kommunizierte nicht per E-Mail, sondern per Brief, Telefon und Fax und bediente sich zum Schreiben weiter ihrer abgenutzten, aber unverwüstlichen Gefährtin. Gott sei Dank, dachte Baumgartner, und Gott sei Dank für all diese schönen morgendlichen Sonaten, wenn er zum Klang von Annas Fingern auf den klappernden Tasten aufgewacht war, das heißt zum Klang von Annas Gedanken, die ihr durch die Finger in die klappernden Tasten sangen, und nachdem er einen Monat lang allein in dem leeren Haus gelebt hatte, war seine Sehnsucht nach diesen Klängen so groß geworden, dass er manchmal in ihr Zimmer ging, sich an die stumme Maschine setzte und etwas – irgendetwas – tippte, nur um wieder diese Geräusche zu hören.

So ging das in den ersten sechs Monaten, ein Riss in der Zeit, den Baumgartner später *Das Verschwinden* nannte oder *Ein Mann, verrückt vor Trauer*. Ein halbes Jahr lang war er sich selbst mehr oder weniger ein Fremder, ein anderer als der, den er gekannt und den er seit der Kindheit bewohnt hatte, er durchlebte eine Zwischenzeit verlorener Orientierung und irrationaler Anwandlungen, haltlose Tage, in denen er alle möglichen bizarren, hirnrissigen Dinge tat. Nicht nur irgendwelches Zeug auf Annas Schreibmaschine klappern, sondern auch zwei ganze Abende vergeuden und die Sachen in ihren Schubladen falten und wieder falten – Spitzenhöschen, Baumwollhöschen, BHs, Mieder, Strümpfe, Strumpfhosen, Socken, Trainingsshorts, Tennisshorts, Badeanzüge, T-Shirts –, in ordentlichen Reihen aufstapeln und die Stapel akkurat wieder in die Schubladen legen, oder ihre alten Metall- und Plastikbügel ausrangieren, dafür kostspielige Holzbügel kaufen und Annas Kleider, Röcke, Blusen, Seidenhosen, Wollhosen, Baumwollhosen, Hoodies, Jacken und Jeans in den Schrank zurückhängen, ein halbes Dutzend durchsichtige, verschließbare Hüllen für ihre Pullover kaufen und im oberen Regal verstauen, ihr jeden Morgen einen Becher Kaffee einschenken, wenn er sich an den Küchentisch setzte, um seinen eigenen Becher Kaffee zu trinken, mit dem er ihr vor dem ersten Schluck zuprostete, ihr mehrere Dutzend pornografische Liebesbriefe schreiben und mit der Post zuschicken, wobei er sich die absurde Mühe machte und diese Briefe faltete, in Umschläge steckte, adressierte, mit einer Briefmarke versah und in den Briefkasten warf, gefolgt von dem Vergnügen, sie ein oder zwei Tage später wieder entgegenzunehmen und sich auszumalen, wie Anna sich darüber gefreut haben würde, wenn sie selbst sie in Empfang genommen hätte.

Es half auch nicht gerade, dass er für das Herbstsemester beurlaubt war, aber diese Auszeit war schon seit Längerem geplant, und er und Anna wollten diese gut vier unterrichtsfreien Monate in Paris verbringen, wo sie beide früher einmal gelebt hatten, was sie unbedingt noch einmal tun wollten, wenn auch nur für ein paar Monate. Eine Wohnung war gemietet, das Rückflugticket gebucht, der Hinflug für den 20. August geplant, zwei Tage nach der Rückkehr von einer Woche bei alten Freunden auf dem Cape. Jedoch, statt am zwanzigsten mit Anna über den Atlantik zu fliegen, stand Baumgartner an einem offenen Grab in Princeton, New Jersey, und musste mit ansehen, wie der Sarg von einer Maschine in die Erde gesenkt wurde, Wind peitschte ihm ins Gesicht, und sein Freund Jim Freeman hielt ihn mit einem Arm fest umschlungen, damit er nicht stürzte – eine Vorsichtsmaßnahme, die nichts mit dem Wind zu tun hatte, sondern damit, dass es so aussah, als könnten ihm die Beine jeden Augenblick den Dienst versagen und er dann auch noch selbst in das Grab sinken.

Also keine Lehrverpflichtungen, keine Zwänge, keine Ansprüche an seine Zeit, nichts, was es nötig machte, das Haus zu verlassen. Was die Universität betraf, war seine Abwesenheit offiziell genehmigt, und auch wenn er sich in dieser Zeit nicht vom Fleck rührte und in der Stadt blieb, für die Verwaltung hätte er ebenso gut in Paris, Parma oder Patagonien sein können. Weg, aber nicht weg, könnte man sagen, festgeklebt, die Füße an den Boden geleimt, eingesperrt in einen bedenklichen inneren Raum, in dem er zu jemandem geworden war, der zu viel Zeit zur Verfügung hatte, und da Baumgartner nicht in der Verfassung war, die Arbeit an seinem Buch über Thoreau wieder aufzunehmen oder irgendetwas anderes anzufangen, war diese Zeit ungeheuer lang und leer, eine lange Reihe leerer Tage, an denen er kaum etwas anderes tat, als ihre Unterwäsche zu falten und wieder zu falten und die Post mit einem stetigen Strom schamloser, schmutziger Briefe an eine Frau zu fluten, deren Körper er niemals wieder sehen oder berühren würde.

Und doch, und doch, nicht jede Stunde war ganz und gar mit unsinnigen Ablenkungen verschwendet, und beim Lesen der unveröffentlichten Manuskripte der zweihundertundsechzehn Gedichte, die Anna in einem Zeitraum von ungefähr vierzig Jahren geschrieben hatte, wurde ihm klar, dass sie mehr als gut genug waren, in die Welt hinausgeschickt zu werden. Nicht alle, mag sein, aber die besten achtzig oder hundert würden ein prächtiges Buch ergeben, und so stürzte Baumgartner sich in das Projekt, eine Sammlung von Annas Gedichten herauszugeben, das einzig Greifbare, was er in diesen verlorenen, gestaltlosen Monaten zustande brachte, und dann erschien das Buch in der Redwing Press, einem kleinen, aber angesehenen, an vorderster Front agierenden Verlag, der die erste Auflage dank eines gut funktionierenden Vertriebs binnen achtzehn Monaten verkaufte, sofort eine zweite Auflage und vier Jahre später eine dritte folgen ließ. Die Auflagenhöhe war natürlich kaum der Rede wert, aber Lyrik ist kein Planet am Himmel der amerikanischen Literatur, nur ein winziger Asteroid, und doch hatte Anna ihr eigenes Plätzchen am Firmament gefunden.

Dort hätte sie schon viel früher sein können, dachte er, aber aus irgendeinem unbekannten, unausgesprochenen Grund hatte sie nie einen Finger gerührt, ihre Gedichte in Umlauf zu bringen. Ihm war das immer ein Rätsel gewesen, denn in jeder anderen Hinsicht war Anna eine Frau, die sich die Butter nicht vom Brot nehmen ließ und entschieden für ihre Überzeugungen eintrat, und sie wusste verdammt gut, dass ihre Gedichte etwas taugten. Zweifel, ja, Hader mit sich selbst, ja, aber welcher Schriftsteller oder Künstler lebt nicht ständig in diesem unsicheren Gelände zwischen Selbstvertrauen und Selbstverachtung? Jedenfalls hatte sie ihm ihre Gedichte immer gezeigt, nicht weil er je darum gebeten hatte, sondern weil sie es wollte, hatte ihm ihre neuen Sachen entweder vorgelesen oder ihm sechs oder sieben auf einmal in die Hand gedrückt, und ein ums andere Mal hatte er nach der Lektüre gesagt, sie müsse jetzt endlich den Hintern hochkriegen und ihre Gedichte drucken lassen, worauf Anna unweigerlich mit einem zaghaften Schulterzucken reagiert und je nach Stimmung hinzugefügt hatte: «Du hast recht», oder: «Eines Tages», oder: «Wir werden sehen.» Ausgehend von diesen knappen Bemerkungen, war er sicher, ziemlich sicher, dass sie keinen Einspruch erhoben hätte gegen das, was er jetzt tat, denn jetzt war *Eines Tages*, und die Funken sprühende, überschäumende Poetin, mit der er fast zweiunddreißig Jahre seines Lebens verbracht hatte, verdiente es, von mehr Leuten gelesen zu werden als nur von dem alten Klappergestell, mit dem sie mal verheiratet gewesen war.

Das früheste Gedicht, das Baumgartner in die Sammlung aufnahm, war im September 1971 entstanden, vier Monate nach Annas einundzwanzigstem Geburtstag und einen Monat nach ihrer Rückkehr von einem Jahr Studium in Paris (zwischen zwei Sommern in Madrid), und der Titel dieses ersten Gedichts wurde zum Titel des ganzen Buchs, *Lexikon: Ausgewählte Gedichte 1971–2008*. Es war bei Weitem nicht ihr bestes, aber Baumgartner liebte das Launige und Seltsame daran, den ausgelassenen Schwung, der Anna selbst und zugleich den Geist ihrer Arbeit zum Ausdruck brachte. Darüber hinaus waren seine Erinnerungen an sich selbst als junger Mann durchtränkt von diesem Gedicht, denn nicht nur war es genau zu der Zeit entstanden, als er sich Hals über Kopf in sie verliebte, es war auch das erste, das sie ihm jemals vorgelesen hatte – nackt auf dem Bett, nach einem fantastischen Fick auf den zerwühlten Laken in seinem Untermiet-Zimmer an der West Eighty-fifth Street.

Lexikon

Die kleine Blume war so klein
sie hatte keinen Namen
spontan benannt ich meinen Fund
«Plitsch»
dann überlegte ich's mir anders
und nannte die winzige
so strahlend feurig rote Pflanze
«Wie geht es Euch
Mrs. Dolittle und wo
seid Ihr in letzter Zeit gewesen?»
Nun war dies rote Pünktchen eine Blume

und konnte insofern nichts sagen
weshalb ich nie erfahren werde
ob ihr der von mir gewählte Name
gefiel oder nicht. Ich zog davon.
Als ich am nächsten Morgen nachsehen ging
ob sie über Nacht gewachsen war
war das rote Pünktchen nicht mehr da.

Wo seid Ihr Mrs. Dolittle
und wenn Ihr fort seid für immer
kann mir bitte jemand sagen
warum dieser Wicht da drüben
mich über die Straße hin angrinst
im Knopfloch was kleinwinzig Rotes
das glüht wie ein Streichholz im Dunkeln.

Zehn Jahre später staunt Baumgartner darüber, wie wenig
sich für ihn seit diesen Anfangsmonaten verliebten Wahn-
sinns geändert hat. Natürlich täuschte er das Gegenteil vor,
und nachdem er sich vom Boden aufgerappelt hatte, auf seinen Füßen stand und wieder gehen konnte, sah es so aus, als
hätte er den Weg in die Welt der Lebenden zurückgefunden.
Er nahm seine Vorlesungen wieder auf. Schon nach einem
Monat schlich er sich in seine Arbeit zurück, dann stürzte
er sich hinein, schrieb erst ein Buch, dann ein zweites und
jetzt ein drittes – mehr Bücher als in jeder anderen Dekade
seines Lebens. Alte Freundschaften haben sich vertieft, neue
Freundschaften sind entstanden, und nach einem Jahr zöli-
batärer Ruhe, durchzogen von freudlosen Masturbationsepi-
soden, bei denen er sich vorstellte, wieder mit Anna im Bett

zu sein, begann er zum ersten Mal seit fast vierzig Jahren, wieder den Frauen nachzulaufen. Lebenszeichen, jedenfalls scheinbare Lebenszeichen, die seine Freunde zu der Überzeugung brachten, Baumgartner habe einen Weg gefunden, ohne Anna weiterzumachen. Sogar Baumgartner selbst hat meistens diesen Eindruck, aber nur, weil die künstlichen Gliedmaßen, die er sich an seinen beinlosen, armlosen Körper geschnallt hat, ihm mittlerweile so vertraut geworden sind, dass er sie kaum noch bemerkt. Aber so gut sie funktionieren und so hilfreich sie sein mögen, diese Titanprothesen sind leblos und haben keine Gefühle. Baumgartner hat noch Gefühle, er liebt noch, er begehrt noch, er will noch leben, aber sein Innerstes ist tot. Er hat es die ganzen zehn vergangenen Jahre über gewusst, und die ganzen zehn vergangenen Jahre hat er alles getan, dieses Wissen zu verdrängen.

Zerbrochen ist das alles an dem Tag des versengten Topfes und des Sturzes die Treppe hinunter. Bis dahin hatte er nicht begriffen, wie zutiefst gespalten er sich in allem verhielt, was mit Anna zu tun hatte, wie er sie die ganze Zeit von sich weggestoßen und sich zugleich an sie geklammert hatte, wie er alle Spuren von ihr aus dem Haus geräumt und doch ihr Arbeitszimmer unberührt gelassen hatte, wie er die umfangreiche Sammlung ihrer Kleider, die er während der Kernschmelze nach ihrem Tod mit so methodischer Sorgfalt umgestapelt und -gehängt hatte, einfach weggegeben und alles andere ausgetauscht hatte, das Bett, den Herd, den Kühlschrank, Küchentisch und -stühle, die Wohnzimmermöbel, die Laken, die Kopfkissen, die Handtücher, das Besteck, die Teller, die Schalen, die Tassen, die Becher, die Trinkgläser, die Teekanne, die Kaffeemaschine und tausend andere kleine und große Dinge in sämtlichen Zimmern oben und unten, außer einem, und doch, auch wenn er dieses eine Zimmer nur noch selten betritt, ist sie in diesem Haus immer noch bei ihm, lauert irgendwo in der Nähe, manchmal in nächster Nähe, aber immer gerade außerhalb seines Blickfelds, und dann fiel sie an diesem unseligen Nachmittag im April über ihn her, während er am Küchentisch saß und den geschwärzten Eierkochtopf auf dem Boden anstarrte, den einzigen Gegenstand, den er nicht ausrangiert hatte, und statt die Chance zu ergreifen und sich ein wenig mit Anna treiben zu lassen, hatte er sie rausgeworfen, sie mit so brutaler, gedankenloser Gewalt zum Teufel gejagt, dass er vor sich selbst erschrak. Dann kam das Schauspiel im Garten, dieses Rotkehlchen, das einen Wurm nach dem anderen verschlang, und dann kam der Bruch, denn erst da, nachdem er sich neun Jahre und acht Monate lang abgemüht hatte, zwischen zwei unvereinbaren und sich gegenseitig zerstörenden Geisteszuständen weiterzuleben, erst da begriff er, wie gründlich er die ganze Sache vermasselt hatte. Leben heißt Schmerz empfinden, sagte er sich, und in Angst vor Schmerz zu leben, heißt das Leben verweigern.

Zwei Monate später steckt er mitten in seinem Essay über das Phantomschmerz-Syndrom, das er, je deutlicher ihm die metaphorischen Übereinstimmungen werden, in Phantommensch-Syndrom umbenannt hat. Noch hat er keine Ahnung, worauf das Ganze hinauslaufen soll und ob er es überhaupt beenden wird, aber fürs Erste stillt es ein Bedürfnis, und das ist ihm Motivation genug, sich weiter mit Hirnkarten, Sinnesrezeptoren und neuronalen Schaltkreisen zu befassen, um dahinterzukommen, wie geistige und seelische Schmerzen in die Sprache des Körpers übersetzt werden. Er denkt an Mütter und Väter, die um ihre toten Kinder trauern, Kinder, die um ihre toten Eltern trauern, Frauen, die um ihre toten Männer trauern, Männer, die um ihre toten Frauen trauern, und wie sehr ihr Leid den Folgeerscheinungen einer Amputation gleicht, gehörte doch das fehlende Bein oder der fehlende Arm einmal zu einem lebenden Körper, so wie der fehlende Mensch einmal zu einem anderen lebenden Menschen gehörte, und wenn du derjenige bist, der weiterlebt, wirst du feststellen, dass der amputierte Teil von dir, der Phantomteil von dir, noch immer ein Auslöser tiefer, heilloser Schmerzen sein kann. Bestimmte Mittel können die Symptome gelegentlich lindern, doch endgültige Heilung gibt es nicht.

Es geht auf Mitternacht zu. Baumgartner liegt seit einer Stunde im Bett, schlafbereit, aber schlaflos tüftelt er im Dunkeln an seinem Essay und überlegt, wie es morgen früh damit weitergehen soll. Nach und nach jedoch, je mehr die Muskeln in Hals und Schultern sich lockern und mit den langsam zerfließenden Muskeln von Armen, Beinen und Rücken verschmelzen, rinnen seine Gedanken auseinander und zerlaufen zu immer kleineren Bruchstücken. Er schläft jetzt, weiß es aber nicht. Er stellt sich vor, er sei dicht vorm Einschlafen und habe den Kontakt zu seiner Umgebung noch nicht verloren. Er weiß, das Bett, in dem er liegt, ist sein Bett, und das Bett steht in seinem Schlafzimmer, und das Schlafzimmer ist in seinem Haus, in demselben Haus, in dem er vierundzwanzig Jahre lang mit Anna gewohnt hat und jetzt allein wohnt. Sie starb am 16. August 2008, und heute ist der 20. Juni 2018, beziehungsweise, falls Mitternacht bereits vorüber sein sollte, der 21. Juni. Baumgartner hört ein Geräusch irgendwo im Haus, sehr wahrscheinlich in einem der Zimmer unten, ein leises Summen, es summt ein paar Sekunden lang, setzt für eine Sekunde aus, summt wieder ein paar Sekunden lang, setzt wieder für eine Sekunde aus, ein Zyklus aus Summen und Stille, eine Sequenz aus längerem Summen und kürzerer Stille, die sich zehn oder zwanzig Mal wiederholt und dann abbricht. Bis dahin hat Baumgartner längst die Nachttischlampe angemacht, sich aus dem Bett gewälzt, seinen nackten Leib in den karierten Morgenmantel gehüllt und den Gürtel zugeknotet. Das Geräusch ist so ungewöhnlich, dass es eine genauere Untersuchung rechtfertigt, und obwohl es jetzt aufgehört hat, setzt Baumgartner den Weg ins Erdgeschoss fort, macht Licht im Flur, geht die Treppe hinunter, macht unten Licht im Flur, dann Licht im Wohnzimmer, wo er nichts Auffälliges bemerkt, nichts, was auf einen Einbruch hindeutet, auch in der Küche macht er Licht, aber auch da ist alles genau so, wie er es, als er um zehn nach oben ging, zurückgelassen hatte, bis hin zu dem verkrusteten, mit Wasser gefüllten Topf in der Spüle, der über Nacht einweichen soll, bevor er am Morgen noch einmal in Angriff genommen wird.

Als Letztes bleibt Annas Arbeitszimmer, von dem Baumgartner fürchtet, es könnte wegen der verglasten Tür zum Garten besonders anfällig für Einbrüche oder andere Widrigkeiten sein. So selten er selbst in diesen Tagen das Zimmer betritt, Mrs. Flores marschiert jeden zweiten Dienstag für dreißig oder vierzig Minuten hinein und folgt mit Staubsauger, Mopp und Lappen gewissenhaft Baumgartners Anweisung, dort alles sauber und *tipptopp in Ordnung* zu halten. Er schaltet das Deckenlicht ein und stellt erleichtert fest, dass die Tür zum Garten geschlossen und die Verglasung nicht eingeschlagen ist. Mehr noch, alles in dem Zimmer scheint an seinem Platz zu sein. Gleichwohl immer noch wachsam und jetzt kein bisschen müde mehr, beschließt Baumgartner, an Ort und Stelle zu bleiben, statt zurück nach oben und ins Bett zu gehen – er will sich einfach vergewissern, dass nichts fehlt.

Annas Schreibmaschine steht immer noch auf der aus dem Tisch ragenden Mahagoniplatte. Ihre Bleistifte und Kulis stecken immer noch in dem New-York-Mets-Becher einige Zentimeter nördlich der grünen Schreibunterlage. Die zwei Gegenstände, die sie als Briefbeschwerer benutzt hat, liegen immer noch auf der Unterlage, einer in der Ecke oben links, einer oben rechts: ein unförmiger Brocken Beton aus der Berliner Mauer, den ihr 1989 ein deutscher Freund geschenkt hat; das geriffelte Fragment eines über eine Million Jahre alten versteinerten Ammoniten, das sie vor Ewigkeiten bei einer Wanderung durch die Ardèche im Südosten Frankreichs zufällig aus dem Boden getreten hat. Und auch ihr rotes Telefon steht immer noch an seinem Platz südöstlich der Schreibunterlage, auch wenn dieser Privatanschluss längst abgemeldet ist und das Telefon nie wieder klingeln wird.

Im Wandschrank stehen immer noch die Schachteln mit ihren Übersetzungen, und ihre anderen Manuskripte lagern immer noch in dem Aktenschrank rechts neben dem Schreibtisch. Neben dem Aktenschrank steht das Bücherregal, drei anderthalb Meter breite, mit Büchern bis oben hin vollgestopfte Holzbretter, schritthoch für den eins fünfundachtzig großen Baumgartner, hüfthoch für die eins zweiundsiebzig große Anna. In der Ecke neben dem Regal döst das ausgestöpselte Faxgerät auf einem schmalen, ursprünglich für eine Schreibmaschine gedachten Klapptisch, dessen beide Flügel parallel zu den Beinen nach unten hängen. Oberhalb dieser drei auf dem Fußboden stehenden Möbelstücke ist die Wand dicht mit gerahmten und ungerahmten Dingen bedeckt, allesamt weder angetastet noch abgenommen, ein Dutzend kleine Gemälde und Zeichnungen von Freunden und Freundinnen, Porträts und Fotografien heiß geliebter Vorbilder (darunter Emily Dickinson und Emma Goldman), Annas PEN-Urkunde von 1997 für ihre Übersetzung der *Ausgewählten Gedichte* von Fernando Pessoa, ein Standbild aus dem Film *Blonde Crazy*, wo Joan Blondell James Cagney einen Kinnhaken verpasst, ein gerahmtes Skizzenblatt mit einer Textzeile aus einem anderen Film mit Blondell, *Dames*: «Ich besitze siebzehn Cent und das, was ich anhabe – aber noch ist Leben in diesem alten Mädchen», der Originalumschlag von Baumgartners erstem veröffentlichten Buch, *Das verkörperte Ich* (1967), und ein Streifen mit vier Fotoautomatenbildern von ihnen beiden, eng umschlungen und heftig knutschend bei einem ihrer ersten Dates.

Baumgartner lächelt den beiden liebestollen Jugendlichen auf diesen körnigen Schwarz-Weiß-Fotos zu und huldigt dann dem verlorenen Land der Jugend mit einer theatralischen Verbeugung. Er ist froh, dass nichts durcheinandergebracht wurde, dass die Wand und das Zimmer und alle anderen Zimmer noch so sind, wie sie waren, als er sich zu Bett gelegt hat. Andererseits, wenn niemand ins Haus eingebrochen war, wie erklären sich dann die merkwürdigen

Geräusche, die ihn aus dem Bett und in dieses Erdgeschoss-zimmer gescheucht haben? Kann es sein, dass die Geräusche von nebenan kamen? Kann es sein, dass er sie nur fantasiert hat? Schließlich war er im Grenzland zwischen Wachen und Schlaf unterwegs gewesen, und in diesem hypnotischen Zustand, in dem man einen Affenzirkus verrückter Gaukel-bilder halluziniert, hatte er vielleicht auch ein Geräusch halluziniert. Wenig wahrscheinlich, denkt er, dafür waren die Geräusche zu komplex. Aber auch nicht vollkommen ausgeschlossen.

Baumgartner setzt sich auf den Schreibtischstuhl. Kaum hat er seinen Hintern zurechtgerückt, klingelt das Telefon. Das rote Telefon. Das abgemeldete Telefon, das nicht klin-geln kann, aber trotzdem geklingelt hat und weiterklingelt.

Erschrocken und neugierig zugleich, erkennt Baumgart-ner, das Geräusch des klingelnden Telefons ist dasselbe Geräusch, das er oben im Bett gehört hat, dieselbe Sequenz längerer und kürzerer Phasen von Summen und Stille, schwach und gedämpft im ersten Stock, aber laut und deut-lich im Erdgeschoss, und wenn dem tatsächlich so ist, dann ruft die Person, der Scherzkeks oder unsichtbare Agent von vorhin jetzt wieder an.

Baumgartner nimmt den Hörer ab und wagt ein unsiche-res, verwirrtes Hallo – ein Hallo mit einem Fragezeichen dahinter. Die Antwort ist Schweigen, und er sagt sich, das muss ein Traum sein, auch wenn er wach ist und deshalb gar nicht träumen kann, und dann spricht Anna zu ihm, spricht zu ihm mit derselben volltönenden Stimme, die sie im Leben hatte, sagt *Liebling* zu ihm und *mein geliebter Mann*, erklärt ihm, der Tod ist ganz anders als alles, was man sich je darunter vorgestellt hat, sie beide und alle anderen Materialisten haben sich geirrt mit ihrer Annahme, dass es kein Jenseits gebe, und auch die Christen, die Juden, die Moslems, die Hindus, die Buddhisten und all die anderen haben mit ihren Vorstellungen vom Jenseits falschgelegen. Es gibt keine göttlichen Strafen oder Belohnungen, keine Posaunen oder Höllenfeuer, keine Oasen himmlischer Glückseligkeit, und kein Menschenwesen wird jemals als Schmetterling oder Krokodil oder als die nächste Inkarnation von Marilyn Monroe auf die Erde zurückkehren. Nach dem Tod geschieht Folgendes: Du kommst in das Große Nirgendwo, das ist ein schwarzer Raum, in dem nichts zu sehen ist, ein geräuschloses Vakuum der Nullität, der Orkus des Nichts. Kontakt zu anderen Toten gibt es nicht, kein Gesandter erscheint von hoch oben oder tief unten und erklärt dir, wie es weitergeht. Sie kann also nicht wissen, wie lange ihr gegenwärtiger Zustand dauern wird, falls *Gegenwart* überhaupt das richtige Wort ist an einem Ort wie diesem, der kein Ort ist, sondern ein Nirgendwo, eine blanke Null, subtrahiert von unendlich vielen Nullen. Sie sieht nichts und hört nichts, weil sie keinen Körper mehr hat, keine *Ausdehnung*, wie die alten Philosophen das nannten, was bedeutet, dass sie niemals müde oder hungrig ist, weder Schmerz noch Freude noch sonst irgendetwas anderes empfindet, und wenn man sie räumlich vermessen könnte, falls das Wort *Raum* hier noch Bedeutung hat, ist sie wahrscheinlich nicht größer als ein subatomares Teilchen, das kleinste, allerwinzigste Bruchstück des kosmischen Was. Er kann sie ein Was nennen, wenn er mag, oder einen Geist, oder eine Emanation des ungeheuren formlosen Fluidums, oder ganz einfach eine denkende Monade, und beim Denken geschieht es zuweilen, dass sie die Dinge, die sie sich vorstellt, sehen kann, deutlich vor ihrem inneren Auge sehen kann, falls sie noch so etwas wie ein Inneres oder ein Auge besäße, was nicht der Fall ist, und doch sieht sie diese Dinge fast so deutlich wie zu Lebzeiten auf der Erde.

Baumgartner sagt nichts. Er möchte reden, möchte ihr hundert Dinge sagen und hundert Fragen stellen, aber er scheint nicht die Kraft zu haben, den Mund aufzumachen und zu sprechen. Egal, sagt er sich. Der Anruf kann jeden Augenblick abbrechen, wozu also reden, wenn er doch nur weiter Annas Stimme hören will, bis die Zeit abgelaufen ist und sie wieder in die Dunkelheit verschwindet?

Sie kann sich keiner Sache sicher sein, sagt sie, vermutet aber, dass er es ist, der sie durch dieses unbegreifliche Nachleben trägt, diesen paradoxen Zustand sich selbst bewusster Nichtexistenz, der, das spürt sie, irgendwann einmal enden muss und enden wird, aber solange er lebt und an sie denken kann, wird ihr Bewusstsein weiterhin von seinen Gedanken geweckt und wieder geweckt werden, derart, dass sie gelegentlich in seinen Kopf schlüpfen und diese Gedanken hören kann und sehen, was er mit seinen Augen sieht. Sie hat keine Ahnung, wie das funktioniert, und versteht auch nicht, warum sie jetzt mit ihm reden kann, sie weiß nur das eine, dass nämlich die Lebenden und die Toten miteinander verbunden sind, und wenn man so tief miteinander verbunden war, wie sie beide es waren, als sie noch lebte, kann dies sich auch im Tode fortsetzen, denn wenn einer vor dem anderen stirbt, kann der Lebende den Toten in einer Art Schwebezustand zwischen Leben und Nichtleben halten, doch wenn auch der Lebende stirbt, ist es aus damit, und das Bewusstsein des Toten ist auf ewig ausgelöscht. Anna hält kurz inne, atmet ein, und dann, als sie ausatmet, stellt sie zum ersten Mal, seit er den Hörer abgenommen hat, die Frage: Kannst du irgendetwas davon nachvollziehen? Bevor Baumgartner ihr antworten kann, bricht Annas Atem ab, ihre Worte brechen ab, und die Leitung ist tot.

3

Nach diesem Traum ändert sich in Baumgartner etwas. Ihm ist vollkommen klar, das abgemeldete Telefon hat nicht geklingelt, er hat Annas Stimme nicht gehört, die Toten leben nicht in einem Zustand *sich selbst bewusster Nichtexistenz* weiter, und doch, so irreal die Einzelheiten des Traums gewesen sein mögen, er hat sie als reale Geschehnisse wahrgenommen, und was er im Schlaf dieser Nacht durchlebt hat, ist nicht aus seinen Gedanken verschwunden wie die meisten Träume. Sechs Tage sind seitdem vergangen. Nicht sehr viel Zeit, doch Baumgartner fühlt sich, als wäre er in einen neuen inneren Raum gestoßen worden und als hätten sich die Umstände seines Lebens verändert. Er ist nicht mehr in einer fensterlosen, unterirdischen Kammer gefangen, sondern irgendwo über der Erde, immer noch in einem Zimmer, gut möglich, aber das hier hat wenigstens ein vergittertes Fenster oben in der Außenwand, sodass tagsüber Licht hereinströmt, und wenn er sich auf dem Boden ausstreckt und den Kopf in den richtigen Winkel bringt, kann er die Wolken am Himmel über sich hinziehen sehen. Das ist die Macht der Fantasie, sagt er sich. Oder, ganz einfach, die Macht der Träume. So wie ein Mensch durch die in einem Roman erzählten fiktiven Begebenheiten verwandelt werden kann, ist Baumgartner durch die Geschichte verwandelt worden, die er sich selbst in dem Traum erzählt hat. Und wenn der fensterlose Raum jetzt ein Fenster hat, wer weiß, ob nicht in gar nicht so ferner Zukunft ein Tag kommen wird, wo die Gitter verschwunden sind und er endlich ins Freie hinauskriechen kann.

Es wäre absurd zu glauben, seine Gedanken würden Anna in einem entkörperlichten, vergeistigten Nachleben konservieren, und einfach indem er selbst auf Erden am Leben bliebe, könnte sie von ihrem subatomaren Außenposten im Großen Nirgendwo aus in Kontakt mit ihm bleiben, aber da er selbst der Autor dieser Absurditäten ist, kann er sie nicht kurzerhand von sich weisen oder so tun, als hätten sie ihm nicht ein gewisses Maß an seelischem Trost gespendet, denn es bleibt die Tatsache, dass er seit dem Tag ihres Ertrinkungstodes niemals nicht in Kontakt mit Anna gewesen ist, und wenn er jetzt eine Alternativwelt heraufbeschworen hat, in der sie weiß, dass er an sie denkt, in der sie spürt, dass er an sie denkt, in der sie denkt, dass er an sie denkt, wer kann da behaupten, es sei nicht ein Körnchen Wahrheit darin? Keine wissenschaftliche Wahrheit, mag sein, keine verifizierbare Wahrheit, aber eine emotionale Wahrheit, die auf lange Sicht das Einzige ist, was zählt – was unser Mann empfindet und was er in Bezug auf diese Empfindungen empfindet. S. T. Baumgartner, bekannter Autor von neun Büchern und zahlreichen kürzeren Arbeiten zu philosophischen, ästhetischen und politischen Fragen, seit vierunddreißig Jahren beliebtes Mitglied der Princeton-Familie, alternder Phänomenologe, der sein Leben in der Sphäre des konkret Fassbaren verbracht hat, einsamer Wanderer durch die tiefen, unergründlichen ontologischen Sümpfe der menschlichen Wahrnehmung, hat endlich zur Religion gefunden. Oder zu dem, was als Religion durchgeht bei einem Mann, der keine hat und an nichts glaubt als die Pflicht, gute Fragen dazu zu stellen, was es bedeutet, am Leben zu sein, auch wenn er weiß, dass er die Antwort niemals finden wird.

Sechs Tage danach verschwindet das Gitter vor dem Fenster. Bevor er darüber nachdenken kann, wie er hinaufklettern und sich durch das enge Loch zwängen soll, sind auch die Wände des Zimmers verschwunden, und plötzlich steht er im Freien. Er befindet sich auf einer Wiese irgendwo mitten auf dem Lande, in keiner Richtung sind Häuser, Telefonmasten oder andere Menschenspuren zu sehen. Kniehohes Gras umgibt ihn auf allen Seiten, der graue Himmel über ihm ist mit fetten dunklen Wolken überzogen. Jeden Augenblick kann es zu regnen anfangen. Er schiebt die Hände in die Taschen und marschiert los.

Und so geschieht es, dass Baumgartner die belebenden, propriozeptiven Wonnen der Bewegung wiederentdeckt, den simplen Akt, einen Fuß vor den anderen zu setzen und Raum hinter sich zu lassen, sein ganzer Körper im Einklang mit dem Rhythmus seines Herzschlags, seiner ein- und ausatmenden Lunge und der steten Links-rechts-links-rechts-Schwingung seiner Beine, und je sicherer er in den Tagen darauf seine Schritte setzt, desto größer wird sein Selbstvertrauen beim Durchqueren der ungeheuren inneren Wiese, die sich vor ihm ausbreitet. Es macht nichts, dass sein Tempo langsamer ist als in der Vergangenheit, es macht nichts, dass ihn mitunter Wolkenbrüche prügeln und scharfer, rauer Ostwind ihm ins Gesicht peitscht, denn er schreitet aufrecht, und jetzt, wo die Rhythmen von Herz, Lunge und Beinen aufeinander abgestimmt sind und ihn auf seinem langen Weg voranbringen, hat Baumgartner zugleich eine neue

Klarheit des Denkens gefunden, frischen Mut, was seine Zukunft betrifft, und den, das weiß er jetzt, muss er sich ohne Aufschub zunutze machen – denn sonst. Schließlich ist er siebzig Jahre alt, die Zeit des Zauderns ist abgelaufen.

Zum einen sieht er den Zeitpunkt gekommen, sich zur Ruhe zu setzen. Er wird die aktive Lehrtätigkeit aufgeben, sich auf den ehrwürdigen, aber bedeutungslosen Posten eines *Professor emeritus* zurückziehen und seine Stellung in der Fakultät einem jüngeren Blut der nächsten Generation überlassen. Er wird sich gewissermaßen ins Abseits begeben, wenn auch nicht endgültig ins Exil, denn seine Verbindung zur Universität mit vollem Zugang zur Bibliothek und dem Privileg, weiter seine Princetoner E-Mail-Adresse zu benutzen, wird ihm erhalten bleiben. An seinen Freundschaften mit zahlreichen Kollegen von anderen Fakultäten wird sich nichts ändern, und er wird weiterhin Vorträge, Diskussionen und informelle Treffen besuchen, wenn und falls ihn die Lust dazu ankommt, aber alles, was an seinem Job lästig ist, wird zu seinem Glück mit einem Schlag von ihm abfallen: die schrecklichen Ausschusssitzungen, das Gefeilsche mit unzufriedenen Studenten über deren Noten, der ganze bürokratische Mist. Mit anderen Worten, ihm winkt ein unbeschränktes, unabhängiges Leben – mit einem monatlichen Einkommen aus einer Pension, die etwa seinem Gehalt aus seinem aktiven Dienst entspricht, vielleicht sogar etwas darüber liegt. In den vergangenen Monaten hat ein neues Buch in ihm Gestalt angenommen, ein absonderliches, kapriziöses Projekt, das sich von allem unterscheidet, was er bisher versucht hat, eine ernst-komische Abhandlung über das Ich im Verhältnis zu anderen Ichs mit dem Titel *Rätsel des Steuers*, und dem will er so viel Zeit wie möglich widmen, denn Zeit ist jetzt das Wesentliche, und wie soll er wissen, wie viel ihm noch bleibt. Nicht nur, wie viele Jahre, bis er ins Gras beißt, sondern wichtiger, wie viele Jahre tätigen, produktiven Lebens, bevor sein Geist oder sein Körper oder beide ihn im Stich lassen und er zu einem schmerzgepeinigten, verblödeten Trottel wird, der nicht mehr lesen und schreiben kann, der vergisst, was vor vier Sekunden jemand zu ihm gesagt hat, und schlicht keinen mehr hochkriegt, ein Horror, an den er gar nicht denken will. Fünf Jahre? Zehn Jahre? Fünfzehn Jahre? Die Tage und Monate rauschen jetzt immer schneller an ihm vorbei, und wie viel Zeit auch immer ihm noch bleibt, sie wird im Handumdrehen zu Ende sein. Furchtbare Vorstellung, in der akademischen Tretmühle abzukratzen, an seinem Schreibtisch, während er Kommentare an den Rand irgendeiner Studentenarbeit kritzelt. Nein, das darf nicht passieren, und wenn das Ende kommt, möge ihm wenigstens das würdevolle Schicksal zuteilwerden, dass ihm das Herz stehenbleibt, während er einen letzten eigenen Satz, am besten die letzten Worte eines dröhnenden Fluchs in Richtung der machtgeilen Irren, die die Welt beherrschen, in die Tasten hämmert. Oder, noch besser, auf dem Weg zu einem mitternächtlichen Rendezvous mit der Frau, die er liebt, den Geist aufgeben.

Ihr Name ist Judith, und das hat Baumgartner sich als Allererstes vorgenommen – diese Woche, diese Minute noch, sofort. Der Traum hat es ihm nach zwei Jahren zunehmend vertrauten Umgangs mit ihr möglich gemacht, plötzlich war Annas Gewalt über ihn gebrochen, nach einem Jahrzehnt selbst auferlegter Qual, die ihn daran gehindert hatte, sich mit Haut und Haar in eine der Affären mit den Witwen und Geschiedenen zu stürzen, die er in den Jahren zwischen Anna und Judith ab und an gehabt hatte, aber diesmal ist es anders, diesmal hat er sich verliebt, und diesmal ist er bereit, es noch einmal mit einer Ehe zu versuchen, vorausgesetzt natürlich, sie will ihn haben, was keineswegs sicher ist, aber nicht ganz unwahrscheinlich – hofft er.

Also jetzt Judith, aber nur, weil der Traum eine neue Wendung in seinem Verhältnis zu Annas Geist herbeigeführt hat, und die erlaubt es ihm, in die Räume der Vergangenheit zurückzukehren, ohne fürchten zu müssen, darin eingesperrt zu bleiben, und nachdem er diese Räume wieder betreten hat und dann auch wieder verlassen konnte, ist er bereit, seine Kräfte ganz auf die Gegenwart zu richten, also auf Judith, was bedeutet, dass die Gegenwart, die Baumgartner im Sinn hat, sich unweigerlich in die Zukunft erstrecken wird – sofern die Antwort ein Ja ist und kein Nein.

In Erwartung dieses Augenblicks, dieses *Jetzt*, hat er die vergangenen drei Wochen großenteils in der Welt des Damals verbracht, Gedanken gewälzt, in Erinnerungen geschwelgt auf seinen Streifzügen durch die vierzig Jahre zwischen dem ersten Mal, da er Anna als achtzehnjähriges Mädchen sah, und dem letzten Mal, da er sie als Frau von achtundfünfzig sah, tot auf dem Strand. Seltsamerweise fühlte er sich nicht allein. Anna war an seiner Seite, auf der ganzen Reise gingen sie nebeneinanderher, sprachen miteinander, hörten einander zu, während sie durch die Räume und schwach beleuchteten Korridore des Palasts der Erinnerung zogen und Hunderte große und kleine Dinge aufsuchten, die sie in diesen vierzig Jahren erlebt hatten. Selbstverständlich war sie nicht in Fleisch und Blut bei ihm, aber als er zum ersten Mal nach weiß Gott wie langer Zeit ihre Briefe und Manuskripte las, fand er immerhin ihre Stimme wieder, und als er sich in die zahllosen Fotos vertiefte, die er und andere zeit ihres Lebens von ihr gemacht hatten, fand er auch ihren Körper wieder. Natürlich nicht ihren wirklichen Körper und nicht ihre wirkliche Stimme – aber so gut wie. Denn solche Macht verleiht die Erinnerung einem Mann, der die Stimme seiner toten Frau über die abgetrennten Drähte eines stillgelegten Telefons gehört hat.

Aus der Schachtel in der untersten Schublade des Aktenschranks: Annas letztes autobiografisches Stück, geschrieben weniger als ein Jahr vor ihrem Tod, jedoch zeitlich weit in die Vergangenheit zurückreichend. Hier erzählt sie, wie und warum und unter welchen Umständen Baumgartner ihr schließlich einen Heiratsantrag machte – in den frühen Morgenstunden jener ereignisreichen Nacht im November 1972, die für Anna das Ende hätte bedeuten können, aber nein.

Spontane Selbstentzündung

Als ich das College abschloss, war ich in S. verliebt. Es gab sonst niemand mehr, der mich auch nur vage interessiert hätte, mein Herz war also ganz in seinen Händen, und weil S. mich nicht weniger liebte als ich ihn, war sein Herz auch ganz in meinen Händen, sodass wir uns durchaus als Paar betrachten durften, zwei liebestrunkene Einzelgänger, die in allen wichtigen Dingen einer Meinung waren und nicht die Absicht hatten, getrennter Wege zu gehen. Trotz dieser Gewissheiten kam es uns nie in den Sinn zusammenzuziehen, und nie hatte einer von uns das Wort *Ehe* geflüstert. Wir waren noch zu jung, um Pläne zu schmieden, zu ungefestigt, als dass wir klare Vorstellungen von der Zukunft haben konnten, und falls wir doch einmal nach vorne schauten, dürfte es maximal um die nächsten Wochen oder Monate gegangen sein. Für S., noch keine fünfundzwanzig, bedeutete Zukunft, dass er bis Mitte Frühjahr seine Dissertation über Merleau-Ponty abschließen und seinen Doktor in Philosophie machen wollte, erst danach würde er entscheiden, wie es weitergehen sollte. Für mich, gerade einundzwanzig geworden, bedeutete Zukunft, dass ich an meinen koboldhaften kleinen Versen weiterbasteln wollte und mich an die Anforderungen meines ersten Vollzeitjobs gewöhnen musste, der mir stolze siebenundachtzig Dollar und fünfzig Cent die Woche einbrachte.

Heller Books war damals noch jung, ein Literaturverlag in der hektischen Gründungsphase, im Herbst sollten die ersten Titel erscheinen. Das Budget war knapp, so knapp, dass Morris Heller, achtundzwanzig Jahre alt, in diesem Sommer nur drei Leute beschäftigen konnte – einen Cheflektor, einen Herstellungsleiter und mich, die Jüngste im Team, in meiner Doppelrolle als Lektorin und persönliche Assistentin von Morris, der mich eingestellt hatte, weil Romanübersetzungen ein wesentlicher Teil des Programms waren und ich fließend Französisch und Spanisch sprach. Unser Gehalt war ein Witz, und wir pendelten jeden Morgen zu einem

schäbigen Bürogebäude am Lower West Broadway, nur
zehn Straßen nördlich der Baustelle des World Trade
Centers und genau in der Mitte des Viertels, damals
noch ohne Namen, das heute als Tribeca bekannt ist.
Triangle Below Canal. Ein Niemandsland mit Industrie-
bauten aus dem 19. Jahrhundert, wo ein paar Künstler
sich in Lofts eingerichtet hatten und nach fünf alles
dunkel wurde, aber die Mieten dort waren niedrig in
den frühen Siebzigern, so niedrig wie sonst nirgendwo
in Lower Manhattan, und Morris musste jeden Cent
dreimal umdrehen, wenn er über die Runden kommen
wollte.

Fünfunddreißig Jahre später sehe ich uns vier immer
noch an unseren Schreibtischen in diesem mehr als
mittelgroßen Raum mit Metallregalen und Schränken
an drei Wänden, einem kahlen, nackten, uralten Loft
mit Blechdecke und zerschrammtem Holzboden, ohne
Klimaanlage, dafür mit drei riesigen Fenstern in der
Wand zur Straßenseite, die uns ausgiebig mit Licht ver-
sorgten, und wenn es im Sommer da drin zu heiß wurde,
und das geschah immer, blieb uns nichts anderes übrig,
als die drei monströsen Hochleistungsventilatoren an-
zuwerfen, die alle fünf Komma zwei Sekunden einen
kräftigen Windstoß erzeugten, der uns beinahe die
Haare vom Kopf riss. Eine kurze, dennoch wohltuende
Erfrischung an diesen schweißtreibenden Hundstagen,
aber was für eine Katastrophe richteten diese Ventila-
toren am Kopf eines Mädchens an! Also marschierte ich
an meinem ersten freien Samstag in einen Friseursalon,
zeigte der Friseurin ein Foto von Jean Seberg in *Außer*

Atem und eins von Audrey Hepburn in *Ein Herz und eine Krone* und bat sie, mir ein Mittelding aus den beiden zu machen. So kamen meine Locken runter, und als S. dann schwärmte, wie hinreißend ich aussähe, ließ ich es so und bin seither nur noch mit kurzen Haaren herumgelaufen.

Da unser Büro downtown lag, wäre es schon praktisch gewesen, eine Wohnung in fußläufiger Entfernung zu haben, vorzugsweise irgendwo unterhalb der Fourteenth Street, aber selbst das mieseste Drecksloch im Village lag außerhalb meiner finanziellen Möglichkeiten. Nach drei Wochen unentwegter Suche gab ich mich geschlagen und blieb in Morningside Heights, wo ich schon seit vier Jahren wohnte und eigentlich auf gar keinen Fall mehr wohnen wollte, aber eine Freundin vom Barnard College zog gerade aus einer Wohnung an der Claremont Avenue aus, und ich übernahm ihr Zimmer und teilte diese große hässliche Bude mit drei anderen Mädchen, zwei Columbia-Studentinnen und einer trübsinnigen, von allem Ehrgeiz verlassenen Schauspielerin, die in einem Diner am Broadway nur ein paar Straßen südlich als Kellnerin arbeitete. Die Glückliche. Ein Job in fußläufiger Entfernung zu ihrer Wohnung. Während ich fünfmal die Woche die sieben Meilen zwischen 116th und Chambers mit der IRT hin und her fahren musste, knapp zwei Stunden Fahrzeit pro Tag. Der Job war die Mühe wert, fand ich, aber die Wohnung war furchtbar, ein heruntergekommenes, verwanztes Loch in einer kaputten Gegend, wo es von Junkies und Heerscharen geisteskranker Typen wimmelte, die man, als die Irrenhäuser dichtgemacht wurden, auf die Straße gesetzt hatte. Eine wüste, wilde Zeit in der Hauptstadt der Welt, auch Fun City genannt. Stein um Stein demontierte New York sich selbst. Die öffentlichen Kassen waren leer, Raubüberfälle, Morde, Einbrüche und Vergewaltigungen griffen Woche für Woche weiter um sich. Bei all den Fixern in meiner Umgebung ballte ich jedes Mal automatisch die Fäuste, wenn ich an diesen Vogelscheuchen, die mich mit gierigen, stechenden Blicken anstarrten, vorbeiging und mich fragte, ob diesmal ich an der Reihe wäre, dass mir einer sein Schnappmesser unter die Nase hielt und mit zittriger Stimme erklärte, er würde mir die Kehle aufschlitzen, wenn ich ihm nicht dies oder das und alles andere rausrückte, was ich bei mir hatte.

Zum Glück gab es Fluchtmöglichkeiten, und etwa die Hälfte dieser ersten Monate als Lektorin übernachtete ich bei S. Aber nein, selbst wenn wir da schon hätten zusammenziehen wollen, was nicht der Fall war, es wäre einfach nicht gegangen. Die winzige Behausung meines Geliebten bestand aus nur einem Zimmer, und weil dieses Zimmer schon einem einzigen Bewohner nicht den Platz bot, auch nur halbwegs komfortabel darin zu leben, kam es für zwei Bewohner erst recht nicht infrage. Man stelle sich das glückliche Pärchen vor, zu zweit in einer vollgestopften Bude mit zwei verdreckten Fenstern, die auf eine Backsteinmauer sehen, einer auf neun Milchkästen liegenden Schaumstoffmatratze als Ehebett, einem Schreibtisch und einem Stuhl für zwei Leute, die den Großteil ihrer Zeit mit

Schreiben verbringen, eine der beiden zusätzlich als Lektorin tätig, einem überladenen sechsgeschossigen Bücherregal, einer Kochnische mit flacher Metallspüle, einer kleinen Kochplatte ohne Backofen, einem Minikühlschrank dort, wo der Herd hätte stehen sollen, einem Zwergentisch für die Mahlzeiten, dazu zwei Hocker, die bei Nichtbenutzung unter den Tisch geschoben wurden, einer Garderobe mit Kleiderstange für Bügel und einer kleinen Kommode unter den baumelnden Mänteln und Hemdzipfeln, und schließlich noch einem Bad, groß genug für eine altertümliche Wanne auf Krallenfüßen und etliche turmhohe Bücherstapel an einer Wand. S. machte sich über dieses Zimmer im zweiten Stock ohne Fahrstuhl keine Illusionen und gab ohne Weiteres zu, es sei *unsagbar scheußlich*, dabei habe ich dort einige der glücklichsten Stunden meines Lebens verbracht, und wann immer ich jetzt an diese Zeit zurückdenke, sehe ich meist nur uns beide, wie wir nackt auf dem Bett herumturnen und einander in ekstatischen nächtlichen Orgien verschlingen, oder aber wie ich, während S. noch schläft, frühmorgens aufstehe und zur Arbeit haste, vorher aber noch einen Blick auf ihn werfe, wie er da auf der Matratze liegt, mein genialer, langbeiniger Mann mit dem zerzausten Haar und den bemerkenswerten Augen, mein Kamerad, mein Fickkumpel, mein geistreicher, treuer Gefährte auf dem langen Weg in die Zukunft, und weil ich ihn ungern ohne Abschiedsgruß verließ, vernebelte ich die Luft über ihm mit einem halben Dutzend kleiner Stöße meines Maiglöckchenparfüms, damit wenigstens etwas von mir noch bei ihm war, wenn er die Augen aufschlug.

Dann kam Mittwoch, der zweiundzwanzigste November, Vorabend von Thanksgiving und neunter Jahrestag der Ermordung Kennedys in Dallas. Nach einem besonders langen Arbeitstag spendierte Morris der Belegschaft ein Vor-Feiertags-Essen in einem französischen Restaurant im Village. Die Sache entwickelte sich zu einem lärmenden, ausgelassenen Gelage, drei oder dreieinhalb Stunden lang, und nachdem unsere kleine fröhliche literarische Kriegerschar die letzten Cognacs gekippt hatte, brach ich mit sieben Dollar und ein paar Münzen in der Tasche zur Subway-Station am Sheridan Square auf und überlegte unterwegs, ob ich den Local direkt zur 116th nehmen oder an der 14th in den Express umsteigen und dann an der 96th wieder in den Local wechseln sollte – tiefschürfende Erwägungen einer leicht beschwipsten Person um elf Uhr abends auf dem Heimweg nach fünfzehn schlauchenden Stunden mit zu viel Arbeit und zu viel Essen. Welchen Zug oder welche Züge ich genommen habe, weiß ich nicht mehr, jedenfalls war ich gegen Viertel nach zwölf wieder in meiner Gegend. Eine dunkle Novembernacht, die Kälte kroch mir in die Knochen, dazu ein Nebel in der Luft, der die Straßenlaternen in schwach glühende Dunstbällchen hüllte. Der Mond war hinter den Wolken, auch Sterne waren nicht zu sehen. Broadway in Höhe der 116th Street, der Marsch die 116th runter zum Fluss, dann an der Claremont Avenue scharf nach rechts und noch sechs Blocks vor mir. Die ersten zwei Blocks hier und da ein paar mitternächtliche Versprengte, dann niemand mehr. Ein finsteres Stück Weg zwischen da und zu Hause, nichts als das Geräusch meiner Schritte auf dem Bürgersteig, während ich in Gedanken schon in der Wohnung war und mich schlafen legte. Irgendwo zwischen 119th und 120th schwebte ein Mann aus den Schatten, schwenkte in einer trägen Drehung herum und stellte sich mir mitten auf dem Bürgersteig in den Weg. Zu dunkel, zu neblig, um irgendetwas zu erkennen. Stark oder schwach, alt oder jung, ich konnte es nicht sehen, nicht einmal das Gesicht, nur wenige Zentimeter vor meinem, ein- oder zweimal ein Aufleuchten im Weiß seiner Augen, Kryptogramm eines Mannes, ein Fleck in der Nacht, aber riechen konnte ich ihn, den sauren Atem aus seinem Mund in mein Gesicht, in meine Nase und tiefer in mich hinein, und dann sagte er: «Raus mit der Kohle, oder du kriegst dieses Messer in den Bauch.» Ich hörte sein Messer aufschnappen, und als ich, was ein Messer sein musste, auf mein Gesicht zufahren sah, erlahmte alles in meinem Kopf, und ich begriff oder glaubte zu begreifen, dieses Erlahmen bedeute, ich sähe meinem Tod in die Augen und dies seien die letzten Sekunden meines Lebens. Wie viele Sekunden noch, fragte ich mich, und dann beschleunigte sich mein Atem, und ich atmete in seinen Atem, der in meinen atmete, und erinnerte mich plötzlich daran, dass ich am Morgen flache Schuhe angezogen hatte, und wenn das deine letzten Sekunden auf Erden sind, sagte ich mir, dann stell dich auch einem letzten Gefecht und gib dich nicht einfach geschlagen, und statt also meine Handtasche aufzumachen, meine sieben Dollar rauszurücken und dann zu warten, dass er mir das Messer in den Leib rammte, weil ihm der Betrag zu klein war, drehte ich mich um und rannte los wie der Blitz, rannte, wie ich nicht mehr gerannt war, seit Frankie Boyle mich in der sechsten Klasse überholt hatte, rannte, wie ich gerannt wäre, wenn Frankie mich gelehrt hätte, dem Tod davonzulaufen, sprintete in dieser nebligen Novembernacht die Claremont Avenue hinunter, rannte dem Messermann davon, so schnell ich konnte, und obwohl ich spürte, dass meine plötzliche Flucht ihn überrumpelt hatte oder er zu langsam oder zu schwach war, die Verfolgung aufzunehmen, rannte ich weiter zur 116th zurück und links ab bergauf und auch noch sechs oder sieben Blocks den Broadway hinunter, und als ich dann einmal kurz Luft holen musste, sah ich ein Taxi auf mich zukommen und streckte den Arm aus, und Wunder über Wunder, es hielt tatsächlich an. Ich stieg ein und sagte dem Fahrer, ich wolle zur 85th zwischen Columbia und Amsterdam. Schwitzend und zitternd zugleich saß ich in meinem Wintermantel, erhitzt und frierend zugleich, und in mir war alles leer, kein einziger Gedanke in meinem Kopf.

Als wir uns der 85th Street näherten, begann ich, mir Sorgen zu machen, dass S. nicht da sein könnte. Womöglich war er mit seinen Basketballkumpels in irgendeiner Bar oder zu Besuch bei einem seiner Philosophen, oder er flirtete mit der vollbusigen, wasserstoffblonden Kellnerin in dem 24-Stunden-Diner an der Columbus Avenue zwischen 82th und 83th Street, und als ich auf den Summer seines Apartments drückte, rechnete ich schon nicht mehr mit einer Reaktion. Es kam auch keine. Zur Sicherheit drückte ich noch einmal auf den Knopf, und wieder nichts. Ich setzte mich auf die zersprungenen Eingangsstufen, lehnte den Rücken an die Wand mit den Klingelknöpfen und Briefkästen, schloss die Augen und überlegte, was ich tun sollte, war aber noch zu erschöpft und konnte nicht klar denken. Mal richtig weinen, sagte ich mir, das könnte helfen, und während ich da saß und versuchte, mir ein paar Tränen aus den Augen zu quetschen, machte jemand die Tür auf, und dieser Jemand war S., der nur mal kurz Zigaretten besorgt hatte. Er war keine zehn Minuten weg gewesen. Ansonsten hatte er den ganzen Abend zu Hause an seiner Dissertation gearbeitet.

Natürlich war er beunruhigt, völlig fassungslos und außer sich vor Zorn. Ich könne da nicht mehr hin, erklärte ich ihm, Claremont Avenue und 122nd Street seien für mich gestorben, ich würde mir was anderes suchen, aber was solle ich bis dahin tun? Bei ihm wohnen, was sonst, erwiderte er, das sei doch wohl klar. Aber er habe doch zu wenig Platz, sagte ich.

«Das stimmt», sagte er, «aber es wäre ja nur für kurze Zeit, einen Monat vielleicht, höchstens zwei. Bis dahin suchen wir uns was Größeres. Ich wohne ja nur zur Untermiete, und bis zum ersten Februar muss ich sowieso hier raus. Wir könnten nach Downtown ziehen, ganz runter, dann könntest du zu Fuß zur Arbeit gehen und die Metro vergessen.»

«Du meinst, wir ziehen zusammen? Bist du sicher?»

«Du hättest heute Nacht getötet werden können, und wenn ich mir vorstelle, was das mit mir gemacht hätte, bin ich mir absolut sicher. So sicher wie noch nie, und ich war mir schon sicher, als ich dich das erste Mal gesehen habe. Und jetzt bin ich mir so sicher, dass ich nicht nur so mit dir zusammenleben will, sondern dass ich für immer mit dir zusammenleben will.»

«Für immer?»

«Für immer.»

«Ist das ein Heiratsantrag?»

«Ja, das ist es. Ich bitte dich, sag Ja. Und je früher, desto besser.»

Ich wusste nicht, was ich sagen sollte, also sagte ich nichts, und dieser wilde, bisher nie ausgesprochene Gedanke hing noch in der Luft, als S. ins Bad ging und Wasser in die Wanne laufen ließ. Was ich jetzt bräuchte, sagte er, sei ein ausgiebiges heißes Bad, also ging ich zu ihm rein, zog mich aus, stieg in die Wanne und machte die Augen zu, während S. mich behutsam mit einem dicken weichen Schwamm einseifte. Ich höre noch das Wasser in der Wanne plätschern, aber davon abgesehen war es vollkommen still in der Wohnung, in der ganzen Welt. Stunden später, wie mir schien, schlug ich die Augen auf und lachte, und dann sagte ich Ja.

Während Baumgartner sich sechsundvierzig Jahre danach ein zweites Mal in seinem Leben anschickt, die Heiratsfrage zu stellen, ist seine größte Sorge, dass Judith ihm einen Korb geben wird, weil er zu alt für sie ist. Bei Anna betrug der

Altersunterschied nur zweieinhalb Jahre. Bei Judith sind es sechzehn, und mit ihren vierundfünfzig rast sie immer noch mit Vollgas dahin, wohingegen sein Motor (an seinen besten Tagen) allenfalls noch tuckert und manchmal (an seinen schlechtesten) fast stehen bleibt. Auf sexueller Ebene hat die Diskrepanz bis jetzt keine ernsthaften Probleme bereitet, so wenig wie auf allen anderen Ebenen, die ihm einfallen, und soweit er das beurteilen kann, drohen im unmittelbaren alltäglichen Umgang keine Gefahren für ihre Liebe zueinander, doch ein Heiratsantrag wird der Gleichung ein weiteres Element hinzufügen und Judith zwangsläufig auf Gedanken an die Zukunft bringen, und wenn sie überlegt, wie das Leben in zehn oder zwanzig Jahren für sie aussehen wird, könnte sie bei der Vorstellung, neben einem achtzig oder neunzig Jahre alten Mann zu schlafen, schnellstens das Weite suchen. Danke, aber nein danke, mein schmuckes Alterchen, was redest du da? Baumgartner graust vor der Demütigung, die ihn erwarten könnte, und zugleich weiß er, wenn er nicht den Mut aufbringt, die Frage zu stellen, wird er sich als Feigling verachten und langsam zu einem verbitterten alten Knacker werden, einem schlotternden Prufrock, geplagt von Reue bis ans Ende seiner Tage.

Ihr vollständiger Name ist Judith Feuer, und sie lehrt Filmwissenschaft in Princeton. Sie kam Anfang der 2000er an die Uni, lange vor dem Unglück am Cape Cod, sodass sie und Anna Freunde werden konnten, Anna, die sich für amerikanische Filme der Dreißiger- und Vierzigerjahre begeisterte und in Judith, die über diese alten Filme mehr zu wissen schien als jeder andere, die ideale Gesprächspartnerin fand, und weil Judith damals noch mit Joseph Frederickson verheiratet war – einem verheißungsvollen, aber gescheiterten Schriftsteller, der sich am Ende mit einträglichen, aber mittelmäßigen Krimis durchs Leben schlug –, trafen die beiden Paare sich gelegentlich in Restaurants oder in ihren jeweiligen Häusern zum Essen. Baumgartner mochte Judith von Anfang an, ihren Mann nicht so sehr, wobei ihm jedoch am wichtigsten war, dass sie und Anna sich so gut verstanden, denn auch wenn Anna viele Freundinnen hatte, so richtig eng war sie mit den wenigsten, und die Freundschaft zwischen ihr und Judith schien eng und enger zu werden, aber dann starb Anna, und das war's dann. Judith war in den ersten Monaten seiner Kernschmelze über die Maßen gut zu ihm – lange Gespräche am Telefon, spontane Besuche, um nach ihm zu sehen, was sie ihm noch sympathischer machte als ohnehin schon –, und irgendwie tröstete ihn auch das Ausmaß ihrer eigenen Trauer um Annas Tod. Dann legte sie ein Sabbatjahr ein, und als sie zurückkam, hatte Baumgartner bereits seine ersten wahllosen Eroberungen gemacht, Witwen und Geschiedene in Princeton, New Brunswick, Brooklyn, Manhattan und einmal sogar auf Shelter Island, einer winzigen Insel zwischen den Nord- und Südzipfeln am östlichen Ende von Long Island. Sinnlose Feldzüge, die zu nichts führten, aber wenigstens brachten ihn diese kurzfristigen Affären auf andere Gedanken, was zweifellos alles war, wonach er in dieser Zeit suchte oder wozu er überhaupt fähig war. Er blieb mit Judith in Verbindung, wenn auch nicht mehr so eng wie früher und in immer größeren Abständen. Dann, 2014, eroberte der gut gebaute Joe Frederickson eine Grundstücksmaklerin, die halb so alt war wie er, und verschwand mit ihr nach New Mexico, und Judith wurde in ein Scheidungsverfahren verwickelt, das sich über ein Jahr lang hinzog. Jetzt rief sie wieder öfter an und suchte seinen Rat, denn nachdem er, erklärte sie, eine so langjährige, so gute Ehe mit einer so kostbaren Frau wie Anna geführt habe (*kostbare Frau*: ihre Worte), glaube sie, darauf zählen zu können, dass er sie sicher durch diesen Sturm geleiten werde. Sie nannte ihn *weise*, wie außer Anna noch niemand ihn genannt hatte, und weil er weise sei, sagte sie, vertraue sie ihm mehr als allen anderen. Geschmeichelt und verunsichert zugleich von diesem Zuspruch, räusperte Baumgartner sich mehrmals und fragte dann, wie ihre Kinder damit zurechtkämen. Zum Glück, sagte Judith, seien sie beide auf ihrer Seite, beide hätten sich eins nach dem anderen ihr gegenüber gefreut, dass sie ihn endlich los sei, *diesen Widerling* (Eric, vierundzwanzig, Job in der Tech-Branche in Boulder, Colorado) beziehungsweise dieses *egoistische Stück Scheiße* (Libby, zweiundzwanzig, angehende Dokumentarfilmerin in Berkeley). Baumgartner lachte und sagte: Ich würde sagen, du hast schon über die Hälfte der Strecke geschafft, Judith, und als dann auch Judith lachte, begann der langsame, getragene Tanz, der letztlich zu seinem bevorstehenden Heiratsantrag führte.

Nach langem Nachdenken über das Thema ist Baumgartner zu dem Schluss gekommen, dass von den vielen kleinen und großen Unterschieden zwischen Anna und Judith folgender der größte ist: Judith ist Mutter, Anna war es nicht. Er und Anna hatten ein Kind haben wollen, vielleicht sogar mehr als eins, doch als sie im sechsten Jahr ihrer Ehe die Sache ernsthaft in Angriff nahmen, tat sich nichts. Nach Hunderten Nächten und Morgen und Nachmittagen ungeschützten Geschlechtsverkehrs in sämtlichen Stellungen und Verrenkungen, die ihnen nur einfielen, beschlossen sie, zum Arzt zu gehen, sowohl jeder für sich als auch gemeinsam, erst zu einem Paar Ärzte, dann einem zweiten, schließlich einem dritten, und sie alle stimmten darin überein, dass weder er noch Anna genetisch dazu gerüstet seien, Kinder zu bekommen, eine unwahrscheinliche, aber dreifach bewiesene medizinische Tatsache, aus der zu schließen war, dass sie, unabhängig von irgendwelchen anderen Ehepartnern, die sie haben könnten, niemals Kinder haben würden.

Das war ein schwerer Schlag, mit Sicherheit das Schlimmste, was sie je zusammen durchzustehen hatten, aber wenigstens konnten sie die Enttäuschung gemeinsam tragen, schließlich waren sie beide gleichermaßen verantwortlich für die schlechten Karten, die man ihnen ausgeteilt hatte, sodass allen denkbaren wechselseitigen Verstimmungen oder stummen Vorwürfen von vornherein ein Riegel vorgeschoben war und sie einander weiter lieben konnten wie zuvor, vielleicht sogar noch mehr als zuvor. Eines Morgens sprachen sie ein, zwei Stunden lang über Adoption, waren aber beide nicht allzu begeistert. Sie waren sich einig, das Kind einer Fremden wollten sie nicht, entweder ein eigenes Kind oder gar keins, und wenn ihnen das Los beschieden war, kein eigenes zu bekommen, was blieb ihnen anderes übrig, als das zu akzeptieren? Zeit verging, und mit den Jahren wurden sie zu einem dieser ewig jungen Paare, zwei langsam alternde Kinder, unbelastet von der Verantwortung und den Sorgen der meisten anderen Eheleute, oft bedauert und manchmal beneidet, Baumgartner und Blume, die Unfruchtbaren, die keine Kinder hatten und daher allein füreinander und für ihre Arbeit lebten. Baumgartner war damit zufrieden gewesen, mehr als zufrieden in all seinen Jahren mit Anna, und auch jetzt, wenn er sich vorstellt, wie anders das Leben für sie beide gewesen wäre, hätten sie Kinder bekommen können, ist er damit zufrieden. Nicht übermäßig zufrieden, aber zufrieden.

Das ist das eine – Mutterschaft –, aber es gibt noch jede Menge andere Unterschiede, angefangen bei ihrem vollkommen verschiedenen Aussehen, für Baumgartner auf lange Sicht nicht weiter von Belang, gleichwohl nicht ganz bedeutungslos. Anna mit ihrem schlanken, vom Schwimmen geformten Körper, ihren kleinen Brüsten und schmalen Hüften, ihren langen Armen und eleganten kräftigen Schultern, ihren kurzen rötlich braunen Haaren und glühenden graugrünen Augen, im Gegensatz zu Judith, die weicher ist, runder, stämmiger, mit breiteren Hüften und vollerer Brust, mit dunkelbraunen Augen und üppigem dunkelbraunem Haar, nicht ganz die schillernde Schönheit, die Baumgartner sah, wann immer er Anna betrachtete, dennoch für seinen Geschmack eine immer noch verführerische, äußerst attraktive Frau, in ihren Bewegungen langsamer und träger als die gelenkige, stürmische Anna, mit einem freundlichen, einladenden Gesicht, das ihn zu sich hinzieht und in ihren Bann schlägt, wenn er sie ansieht, verzückt und aufmerksam, ihr ganz und gar zugewandt, wie er einst Anna zugewandt war. Keine andere Frau hatte das bei ihm geschafft. Nur Anna und Judith – was vielleicht erklärt, warum er sich in beide verliebt hat und beide heiraten und mit beiden bis ans Ende seines Lebens zusammen sein wollte, erst mit der einen, dann mit der anderen.

Verschiedene Körper, und auch verschiedene Temperamente. Teils angeborene Eigenschaften, teils in frühester Kindheit erworbene, je nachdem, wie sie von ihren Müttern berührt und gehalten und umsorgt worden waren, teils das Ergebnis ihrer unterschiedlichen Reaktionen auf die nahezu identischen Lebensumstände ihrer Kindheiten. Baumgartner, aufgewachsen in kleinen Verhältnissen, in einer Familie, die immer zu kämpfen hatte, macht zuweilen heute noch große Augen, wenn er an den Reichtum und Luxus denkt, den Anna und Judith in ihrer Jugend genossen haben. Dr. Leo Blume, auch er in kleine Verhältnisse hineingeboren, finanzierte sein Medizinstudium mit Nebenjobs und war dann mit seiner Praxis als Hals-Nasen-Ohren-Arzt so erfolgreich, dass er und seine Frau und ihr einziges Kind 1954 aus einer Zweizimmerwohnung im Brooklyner Stadtteil Crown Heights in ein geräumiges Terrassenhaus in Livingston, New Jersey, umziehen konnten, Annas feste Adresse, bis sie vierzehn Jahre später die Highschool abschloss. In der Pracht dieses inmitten von Rasenflächen und Bäumen gelegenen Anwesens wurde die Kleine mit allen Wohltaten überschüttet, die für das Geld ihres Vaters zu haben waren: ein großes Zimmer für sich allein, Regale und Schachteln voller Spielzeug, Klavierstunden, Ballettunterricht, unzählige Bücher, exquisite Kleidung, gesunde, reichhaltige Mahlzeiten, Sommer in Ferienlagern, Geburtstagspartys mit Kuchen nach ihren Wünschen, ein Hund, noch ein Hund, nachdem der erste gestorben war, kurz gesagt, alles, was sie wollte, ob sie es wollte oder nicht. Das meiste wollte sie nicht. Zumindest nicht, nachdem sie mit elf oder zwölf Jahren denken gelernt und ihre Haltung zu den Bedingungen ihres Lebens als verhätscheltes Kind in den oberen Rängen der oberen Mittelschicht sich von der einer kritiklosen Teilhaberschaft zu verdrossenem Widerstand und schließlich zu offener Rebellion entwickelt hatte. Sie wusste, dass ihre Eltern sie liebten, und irgendwie liebte sie sie auch, zugleich aber verachtete sie sie dafür, dass sie an den amerikanischen Mythos glaubten, Geld sei das Maß aller Dinge, dabei aber so taten, als ob ihnen das Elend der verarmten Millionen naheginge, die unter die Räder ebenjenes Systems geraten waren, das ihnen erlaubt hatte, als sogenannte Gewinner hochzukommen. Gut für die Eltern, dachte Anna, sie selbst aber hatte nichts zu tun damit und wollte auch später nichts damit zu tun haben, vorläufig jedoch, solange sie, eine machtlose, unmaßgebliche Teenagerin, in ihrem goldenen Käfig saß, konnte sie nicht viel mehr tun, als sich in dem von ihren Eltern regierten Reich einen kleinen Freiraum zu erkämpfen. Den zu verteidigen, war nicht einfach, zahllose Schlachten wurden in den folgenden Jahren ausgetragen, doch nach und nach brachte sie ihre Eltern dazu, die von ihr gezogenen Grenzen zu respektieren, immerhin bringe sie gute Noten nach Hause und brauche sich nichts vorwerfen zu lassen, und wenn sie ein anderes Bild von der Welt habe als sie, dann würden sie das wohl akzeptieren müssen. Schließlich hätten sie sie zum Lesen gebracht, und jetzt, wo sie ins Land der Bücher emigriert sei und Dichterin werden wolle, sollten sie doch froh sein, dass sie nicht auf die schiefe Bahn geraten sei wie so viele ihrer Freundinnen in den letzten Jahren, Debbie und Alice zum Beispiel, neuerdings als kiffende Blumenkinder unterwegs, oder die dicke Maureen, die für jeden Jungen, der sie auch nur eines Blickes würdige, die Beine breit mache, oder Angela, die sich in einen Autodieb verliebt habe, im Grunde, sagte sie oft zu ihren Eltern, sollten sie sich glücklich schätzen, eine so brave Tochter zu haben.

Irgendwann in den ersten Wochen ihres letzten Highschooljahrs, innerlich immer konzentrierter auf die Zukunft gerichtet, traf sie mit ihren Eltern eine Vereinbarung. Sie wolle aufs College gehen, sagte sie, sie müsse aufs College gehen, und da sie wisse, dass auch sie das wollten und durchaus bereit seien, ihr das zu finanzieren, werde sie das Geld, das sie ihr für diese vier Jahre zur Verfügung stellen würden, sehr gern – und dankbar – annehmen. Aber das wäre es dann auch, erklärte sie, von da an werde sie als unabhängige Erwachsene ganz allein auf ihren eigenen Füßen stehen, ohne Unterstützung von Eltern, Verwandten oder sonst jemandem. Vater Leo und Mutter Rachel reagierten auf diese Ankündigung sehr viel gelassener, als Anna erwartet hatte, wahrscheinlich weil ihre unlenksame, dickköpfige Tochter von etwas redete, das erst in fünf Jahren zur Sprache kommen würde, und die Möglichkeit bestand, dass sie bis dahin erwachsen genug wäre, es sich anders zu überlegen. Eine bewundernswerte Einstellung, sagte ihr Vater mit vor Vernunft triefender Stimme, aber was, wenn es dir mal richtig schlecht geht? Sollen wir dann tatenlos zusehen, wie du langsam verhungerst? Anna lachte. Nein, natürlich nicht, sagte sie, und mit dieser rhetorischen Wendung gelang es ihnen, ihr das Versprechen abzunehmen, sie werde sich bei ihnen melden, falls und sobald sie einmal in die Klemme geraten sollte. Dann feilschten sie um die Bedeutung des Wortes *Klemme*, und am Ende gestanden sie Anna zu, dies sei nur im Sinne von *Scheibe nur im äußersten Notfall einschlagen* zu verstehen.

Sie hatten sie natürlich unterschätzt. Die fünf Jahre vergingen, aus der siebzehn Jahre alten Anna wurde die zweiundzwanzig Jahre alte Anna, und einen Tag nachdem sie aus den Händen des Barnard-Rektors ihre Bachelor-Urkunde empfangen hatte, stieg sie von ihrem Thron als bürgerliche amerikanische Prinzessin hinunter und stürzte sich ins Abenteuer. Und sie nahm alles hin, was dieses gewagte Unterfangen mit sich brachte, als Hauptattraktionen die Bude an der Claremont Avenue, dann Baumgartners noch kleinere Bude an der West 85th Street und den schlecht bezahlten Job bei Heller Books – für sie zählte nur, dass sie auf eigenen Füßen stand und ihren Weg alleine ging. Wie Baumgartner eines Morgens scherzte, als er ihr ein nicht vorhandenes Mikrofon unter die Nase hielt: Miss Blume, die meisten Ökonomen und Soziologen würden dieses Ihr neues quasiproletarisches Leben als Extremfall von beschleunigtem sozialen Abstieg interpretieren. Möchten Sie dazu etwas sagen? Worauf Anna erwiderte: Ich danke Ihnen, Mr. Baumgartner. Den Professoren sage ich nur eins: Wartet ab, das war erst der Anfang, Jungs!

Dann kam der Abend des zweiundzwanzigsten Novembers, der mit Annas siegreichem Wettrennen gegen den Tod durch Schwaden von Nebel und Angst begann und mit ihrem überschwänglichen Ja zu Baumgartners Heiratsantrag bei der erstbesten Gelegenheit endete. Am Nachmittag darauf stiegen sie am Port Authority Terminal in einen Bus und fuhren zum Thanksgiving-Essen bei Annas Eltern nach Livingston. In den einhundertundein Minuten dieser Fahrt konnte Baumgartner Anna davon überzeugen, dass ihre beengten Wohnverhältnisse als legitimer *äußerster*

Notfall einzustufen seien, es gehe nicht anders, sie müssten eine größere Wohnung finden, und die grausame Wahrheit sei, dass sie sich einen Umzug nicht leisten konnten, nicht, wenn sie beim Unterschreiben eines Mietvertrags verpflichtet wären, gleich die erste Monatsmiete hinzublättern und auch noch die letzte Monatsmiete und eine Kaution in Höhe von noch einer Monatsmiete – alles auf einen Schlag. Er habe Verständnis für ihren Vorsatz, keine Almosen von ihren Eltern anzunehmen, und er könne nachvollziehen, warum sie die Nabelschnur durchtrennt hatte, aber dies sei der Tag, an dem sie ihnen ihre Heiratspläne verkünden würden, und bei all der Aufregung, die das mit sich bringen werde, würde Annas Mutter garantiert von der Hochzeit anfangen, mit der sie sich zweifellos schon seit Jahren beschäftigt habe und die sich mittlerweile zu einem kostspieligen Spektakel mit allen Schikanen ausgewachsen haben dürfte, eine schreckliche Aussicht, auf die sie beide nicht die geringste Lust hätten, aber so oder so, sagte Baumgartner, würden Tausende Dollar für sie ausgegeben werden, ob sie es wollten oder nicht, und deshalb sei es das einzig Vernünftige, ihre Eltern zu bitten, dieses Geld nicht für eine witzlose Eintagsfliege von Feier aus dem Fenster zu werfen, sondern zumindest einen Teil davon in die Zukunft ihrer Tochter und ihres zukünftigen Schwiegersohns zu investieren, damit sie sich eine anständige Wohnung leisten könnten und einen guten Start in ein gemeinsames Leben hätten. Überlass das mir, sagte Baumgartner. Nach zwanzig Jahren Übung haben sie alle Tricks gelernt, wie sie dich über den Tisch ziehen können, aber mit mir hatten sie es noch nie zu tun; wenn du also mir das Reden überlässt, dürften wir besser davonkommen. Hochzeit im Standesamt, werde ich sagen, die beiden als Trauzeugen, sonst niemand, und anschließend ein fantastisches Essen in irgendeinem Nobelrestaurant in der Stadt. Wenn deine Mutter Einwände macht und behauptet, sie sei enttäuscht, ja verzweifelt, todunglücklich, werde ich ihrer Laune mit dem Vorschlag aufhelfen, sie könnten doch, sagen wir, zwei Wochen später eine Party für uns geben, Sonntagnachmittag bei ihnen zu Hause, die würde sie ein Tausendstel von dem kosten, was eine große Hochzeitsfeier gekostet haben würde, offenes Haus nennt man das wohl, da können sie dich in deinem engen, sexy schwarzen Cocktailkleid deinen zwei Großmüttern und fünf Tanten und vier Onkeln und zwölf Cousins und Cousinen und ein paar Dutzend ihrer Freunde vorführen, und wenn ich mit meinem Sermon fertig bin, wird dein gutmütiger, praktisch denkender Vater sich an deine hochintelligente, aber etwas kleinkarierte Mutter wenden und sagen: Der Junge redet vernünftig, Rachel, und wenn die beiden so heiraten wollen, dann sollten sie auch so heiraten. Anna lächelte, machte ihre Augen zu engen Schlitzen und sah Baumgartner an wie einen Fremden. Eins möchte ich wissen, sagte sie, wie kommt's, dass du ein so fieser, hinterhältiger Knochen bist, Herr Baumgartner? Statt ihr zu antworten, küsste Herr Baumgartner seine zukünftige Braut auf die Lippen und sagte: Ein Letztes noch, Anna. Kein Wort über das, was dir gestern Abend auf der Claremont Avenue passiert ist. Einverstanden? Einverstanden, sagte sie. Heute nicht, morgen nicht, kein Wort, niemals.

Es war das einzige Mal, dass sie Geld von Annas Eltern nahmen, aber die zehntausend Dollar Hochzeitsgeschenk waren damals eine so ungeheure Summe, dass sie jetzt zum Himmel hinaufschauen konnten, ohne sich weiter sorgen zu müssen, er könnte über ihnen zusammenstürzen. Sie fanden eine nette Zweieinhalbzimmerwohnung an der Barrow Street im West Village, und als Baumgartner im folgenden Herbst eine Stelle als Assistenzprofessor an der Philosophischen Fakultät der New School ergatterte, konnten sie beide zu Fuß zur Arbeit gehen. Die nächsten zwölf Jahre änderte sich nichts. Sie lebten in ihrem Barrow-Street-Refugium, Anna arbeitete weiter bei Heller Books, wo sie zur Cheflektorin aufstieg und zusätzlich als Übersetzerin anfing, und Baumgartner arbeitete weiter an der New School, wo er zu einer vollen Professorenstelle aufstieg, und schrieb seine Bücher über die Phänomenologie des Lesens und die Politik der Angst, Wort für Wort in seinem halben Zimmer hinten in der Wohnung, am Ende des Flurs vor dem anderen kleinen Zimmer, wo Anna ihre Gedichte schrieb, ihre Autoren lektorierte und ihre Bücher übersetzte. Die Sache war die: Es war das frühe goldene Zeitalter ihres Lebens zu zweit, und nichts davon hätte sich so ergeben, wenn die eigensinnige, idealistische Anna nicht eingelenkt und den Kampf, den sie für sich selbst ausgetragen hatte, zu einem Kampf für sie beide gemacht und das Geld ihrer Eltern nicht akzeptiert hätte.

Mit Judith war alles genauso, nur umgekehrt. Eine betuchte jüdische Familie aus dem New Yorker Umland (Westport, Connecticut), ein ehrgeiziger, fleißiger Vater mit einer Kanzlei für Gesellschaftsrecht in Manhattan, eine Vielleserin als Mutter, die nicht zur Arbeit ging, zwei jüngere Geschwister, Bruder und Schwester, und eine Kindheit mit allen Annehmlichkeiten, wie auch Anna sie empfangen hatte, doch anders als die zum Kampf entschlossene Anna akzeptierte die junge Judith den Luxus, in den sie hineingeboren war, und stellte ihn nicht infrage. An der Highschool ausgerechnet Cheerleaderin, dann auch Klassensprecherin, Bestnoten und hundert Freunde, eine typische Gewinnerin, die nach Schulabschluss dreißig Meilen weiterzog und in Yale studierte. Trotz dieser vergleichbaren Vorgeschichten haben sie und Anna nichts oder fast nichts gemeinsam, und dieses *nichts* stellt Baumgartner vor das größte Rätsel, wann immer er sich fragt, wie er sich so heftig in zwei so verschiedene Frauen verlieben konnte. Die unverfälschte, direkte und spontane Anna, und jetzt die ausgeglichene und kultivierte Judith, die beeindruckende, selbstsichere Judith, eine Autorität in der Welt des Films, die in den Jurys sämtlicher bedeutender Festivals gesessen und bisher vier Bücher veröffentlicht hat, ein fünftes ist schon unterwegs, wohingegen die übersprudelnde, aber weltabgewandte Anna ihr beträchtliches literarisches Talent darauf verwandte, die Werke anderer zu übersetzen, während sie ihr Bestes, ihre Gedichte, vor der Welt versteckte.

Judith hat diese Gedichte gelesen und weiß, wie gut sie sind, und eines Abends vor ungefähr neun Monaten, nicht lange nachdem Baumgartner endlich gedämmert hatte, wie viel Judith ihm tatsächlich bedeutete, tischte er ihr halb im Scherz eine hirnverbrannte Theorie auf, wonach Anna in einem ihrer frühen Gedichte seine künftige Liebschaft mit einer Frau namens Feuer vorhergesagt hatte, einem Gedicht, geschrieben vor so langer Zeit, da war Judith erst in der zweiten oder dritten Klasse, aber hier ist es, sagte er an diesem Abend zu ihr, als sie nebeneinander auf dem Sofa in ihrem Wohnzimmer saßen, hier ist es, und da war es damals schon, und dann erklärte er, wann immer er an diesen deutschen Namen *Feuer* denke, denke er auch an Annas kleines Gedicht «Lexikon», das mit der winzigen Blume, die keinen Namen habe, das glühend rote Pünktchen im Asphalt, das sie in Bann schlage, und weil Anna den deutschen Nachnamen *Blume* trug, stellte er sich vor, irgendein geheimnisvoller alchimistischer Prozess verwandelte die Blume, die reale Anna Blume, in eine Flamme, die zu Judith Feuer wurde, das heißt, Anna gab den Stab an Judith weiter, und am Ende des Gedichts erschien er selbst, Herr Baumgartner, in Gestalt des kleinen Wichts, der Anna von der anderen Straßenseite angrinste, mit dem Blumen-Feuer im Knopfloch, grinste, weil er glücklich war und ihr für das Geschenk dankte, das sie ihm gemacht hatte, und das bist du, liebe Judith, sagte Baumgartner, meine leuchtende, lodernde Feuerfrau, die *glüht wie ein Streichholz im Dunkeln*.

Es war seine Art, Judith zu sagen, dass sie für ihn jetzt Schulter an Schulter mit Anna stand, und als Judith seine Hand nahm und sie an ihre Lippen hob und küsste, war Baumgartner sich sicher, dass sie verstand, was er ihr zu sagen versucht hatte. Noch war es zu früh, mit einer offenen Liebeserklärung alles aufs Spiel zu setzen, deswegen hatte er sich auf diese gewundene Etüde in hirnrissiger literarischer Analyse verlegt, ein erster Schritt hin zu dem Augenblick, da er endlich den Mut aufbringen würde, ihr sein Herz zu öffnen. Nach diesem Abend ging es mit ihnen weiter wie zuvor, sie sahen sich zwei- oder dreimal die Woche, kochten abends bei ihm oder ihr, gingen anschließend ins Kino oder auch nicht, sprachen über ihre Arbeit oder Judiths Kinder oder den geistesgestörten Ubu im Weißen Haus, erzählten sich Geschichten aus ihrer Vergangenheit und verbrachten dann die Nacht bis zum Morgen. Wochenlang immer dasselbe, doch Baumgartner hatte den Eindruck, sie kämen einander jetzt näher, die unsichtbaren Schranken, die zwischen ihnen gestanden hatten (Vorsicht? Selbstzweifel? Furcht?), lösten sich allmählich in Luft auf. Dann träumte Baumgartner den Traum und unternahm mit Anna den langen Streifzug durch den Palast der Erinnerung, und davon zurückgekehrt, fielen Vorsicht, Selbstzweifel und Furcht langsam von ihm ab. Das *nichts gemeinsam* verunsichert ihn noch immer, doch statt es als ein weiteres Zeichen seiner verkorksten und wirren Einstellung zum Leben zu deuten, betrachtet er dieses *nichts* jetzt als etwas Positives. Judith ist nicht Anna, und falls und wenn er sie überreden kann, ihn zu heiraten, wird das Leben, das er mit ihr führt, keine Fortsetzung seines Lebens mit Anna sein, sondern etwas vollkommen anderes und Neues, und kann jemand, der schon so lange gelebt hat wie er, mehr verlangen? Die Chance auf einen Neuanfang. Die Chance auf ein neues Abenteuer im Getümmel dessen, was auch immer an Gutem oder Schlechtem auf ihn zukommen mag.

Es ist Samstag, der 11. August 2018. Um sieben Uhr abends macht Baumgartner sich auf den Weg die vier Blocks von seinem Haus zu dem von Judith, in seiner rechten Armbeuge liegen zwölf rote Rosen, die dornenlosen Stiele hält er fest mit der linken Hand umklammert, und im Gehen denkt er darüber nach, wo und in welchem Augenblick an diesem Abend er sein Sprüchlein aufsagen sollte. Besser früher als später, denkt er, denn seine Nervosität wird sich, je länger er es hinausschiebt, mit jeder Minute steigern, und wenn *früh* die beste Vorgehensweise ist, warum dann nicht gleich mit der Tür ins Haus fallen? Die Szene beginnt sich in seinem Kopf abzuspielen, ungefähr so wird es sein: Sie öffnet die Tür, er überreicht ihr die Blumen, sie bedankt sich lächelnd und haucht ihm einen Kuss auf die Wange, dann gehen sie in die Küche, wickeln die Blumen aus und suchen eine passende Vase, und weil die Küche so anheimelnd und gemütlich ist, zweifellos der am besten geeignete Ort im Haus, schwierige, lebensverändernde Fragen zu stellen, lässt er, während Judith die Stängel kürzt, Wasser in die Vase laufen, hebt die gefüllte Vase aus der Spüle, trägt sie zu ihr hin und stellt sie auf die Anrichte, wo Judith die Rosen in die Vase setzt und sich daran zu schaffen macht, sie hin und her arrangiert, bis sie mit dem Ergebnis zufrieden ist, und in dem Moment schlingt er ihr von hinten die Arme um die Taille, beugt sich vor, bis seine Lippen ihren Hals berühren, und sagt mit seiner sanftesten, zutraulichsten Stimme: *Ich habe nachgedacht ...*

Es ist einer dieser heißen Abende in New Jersey, dem Land der Cranberrysümpfe, Mückenschwärme und langen schwülen Sommer. Wie Baumgartner schon beim Schließen der Haustür erwartet hatte, ist sein Hemd, als er Judiths Straße erreicht, völlig durchgeschwitzt. Die Sonne geht erst in vier Stunden unter, aber am Himmel zeigen sich bereits die ersten schwachen Zeichen der nahenden Dämmerung und Dunkelheit, Spuren von Rosa und Orange an den Rändern der Wolken und in der Ferne umherflitzende Schwalben, kleine visuelle Wunder, die für die schwitzend und mit klebriger Haut verbrachten Tagesstunden entschädigen. Unterdessen ist Baumgartner nur noch sechs Häuser von Judith entfernt. Seine Lunge zieht sich zusammen, sein Magen verkrampft sich, aber trotz allen Lampenfiebers beschleunigt er seine Schritte, denn er weiß, er muss das jetzt zu Ende führen, und wenn es ihn umbringt. Er biegt nach links auf den Zugang zu ihrer Haustür ein, bleibt kurz stehen, rückt die Blumen in seinem Arm zurecht, wartet noch einen Moment, holt tief Luft und drückt dann auf den Klingelknopf.

Zunächst läuft alles so, wie er es sich vorgestellt hat, aber als er ihr, nachdem die Blumen beschnitten und arrangiert sind, von hinten die Arme um die Taille schlingt, beginnt er nicht mit *Ich habe nachgedacht ...*, sondern mit einer Frage: *Reicht dir das – oder möchtest du mehr?* Ein dunkler, unbeholfen formulierter Satz, und Judith hat Mühe, ihn zu verstehen. Was meint er mit *das*, fragt sie, wovon möchte sie vielleicht mehr? Was für eine seltsame Frage, sagt sie, sie ist doch vollkommen zufrieden, genau da zu sein, wo sie jetzt gerade ist, in der Küche, seine Arme um ihren Körper und seine Lippen an ihrem Hals, wie könne sie mehr von etwas verlangen, das bereits mehr als genug ist? Baumgartner entschuldigt sich, dass er sich nicht klar genug ausgedrückt hat. Er redet nicht von diesem Augenblick, sagt er, der könnte gar nicht besser oder perfekter sein, aber weil er (*küsst ihren Hals*) genau dasselbe empfindet wie sie und weil (*wieder ein Kuss auf ihren Hals*), was sie in den vergangenen zwei Jahren zusammen getan haben, so stark und so gut sei, habe er diese tölpelhafte Frage gestellt, um herauszufinden, ob sie will, dass alles so bleibt, oder ob sie etwas daran verändern möchte (*streichelt ihre Brüste und küsst sie wieder auf den Hals*), denn die Wahrheit ist, sagt er, dass ihm zwei- oder dreimal die Woche nicht mehr reichen, er möchte mehr Zeit mit ihr verbringen, so viel Zeit wie möglich, und er fragt sich, ob ihr dieser Gedanke auch schon mal gekommen ist, und falls nicht, ob sie sich mit dem Gedanken anfreunden kann oder nicht?

Ah, sagt Judith, jetzt hat sie verstanden. Hundert kleine Kreisel schwirren in diesem seinem großen, mächtigen Hirn, er möchte also, dass sie sich hinsetzen und reden, nicht wahr? Sie befreit ihren linken Arm aus seinem Griff und weist auf den Küchentisch, Baumgartner lässt beide Arme sinken, und Judith tappt in ihren eleganten chinesischen Pantoffeln zum Kühlschrank und nimmt eine kalte Flasche Wein heraus. Baumgartner holt zwei Gläser aus dem Geschirrschrank über der Anrichte und einen Korkenzieher aus der Schublade darunter und bringt die Sachen zum Tisch, und Judith stellt die Flasche dazu. Beide ziehen sich einen Stuhl heraus, nehmen einander gegenüber Platz, und plötzlich ist der große Augenblick da.

Baumgartner macht den Wein auf und schenkt zwei Gläser ein. Sie erheben die Gläser, prosten sich zu, nehmen einen Schluck, lassen die Gläser sinken, stellen sie auf den Tisch, und dann fängt Judith an.

Sie beide haben es wunderbar getroffen, sagt sie, mit ihm ist sie glücklicher als mit jedem anderen Mann, den sie je gekannt hat. Das steht fest. Sie liebt ihn, und auch wenn er es noch nie direkt ausgesprochen hat, weiß sie, dass er sie liebt, und da sie ihn mittlerweile ziemlich gut zu verstehen glaubt, ahnt sie, sein Spruch von wegen mehr Zeit miteinander verbringen soll auf die viel größere Frage hinauslaufen, die er ihr in den nächsten drei oder vier Minuten stellen will.

Du hast mich durchschaut, sagt Baumgartner.

Eher nicht. Es ist nur so, dass ich in den letzten zwei Monaten ungefähr sechshundertmal dasselbe gedacht habe.

Mit welchem Ergebnis?

Mit dem Ergebnis, dass der Gedanke mich jedes Mal mit Glück erfüllt. Mit dem Ergebnis, dass der Gedanke mich jedes Mal mit Angst erfüllt. Mit dem Ergebnis, dass ich für eine Entscheidung noch Zeit brauche, dass ich fürs Erste so mit uns weitermachen möchte wie bisher, und der Rest soll der Zukunft überlassen bleiben.

Als Baumgartner begreift, was sie da sagt, wird ihm innerlich ganz flau. Sein Kopf fühlt sich seltsam an, als schwelle sein Schädel plötzlich an und fülle sich mit Leere, immer mehr Leere, bis ihm schwindlig wird und er davontreibt, weit, weit fort. Wie ein Boxer, denkt er, wie ein Boxer, der in der falschen Gewichtsklasse antritt und von einem linken Haken zu Boden gestreckt wird, aber er ist noch bei Bewusstsein, noch wird er nicht angezählt, und während er sich mit weichen Knien langsam vom Ringboden hochstemmt, gelingt ihm die folgende Rede: Bevor wir angefangen haben, miteinander ins Bett zu gehen, habe ich acht Jahre lang allein gelebt, ohne mich allzu einsam zu fühlen, habe mich in einem Zustand, wie soll ich sagen, schmerzlicher, aber erträglicher Abkapselung durchgewurstelt, aber als du dann in mein Leben kamst, wurde es zu einem anderen, und jetzt ertrage ich es nicht mehr, allein zu leben. Wenn wir eine Nacht bei mir verbracht haben, gehst du am Morgen, und ich bleibe allein in all diesen Zimmern zurück und wünsche mir, du wärst noch da, und wenn wir eine Nacht bei dir verbracht haben, bin ich es, der am Morgen gehen und in dieses leere

Spukhaus zurückkehren muss. Einsamkeit tötet, Judith, und frisst einen Stück für Stück auf, bis nichts mehr von einem übrig ist. Ohne Verbindung mit anderen hat ein Mensch kein Leben, und wenn man das Glück hat, tief mit einem anderen Menschen verbunden zu sein, so tief verbunden, dass der andere einem so wichtig ist wie man sich selbst, dann wird Leben mehr als möglich, dann wird Leben gut. Was wir haben, ist gut, aber nicht mehr gut genug, für mich jedenfalls nicht, und ich kann nicht begreifen, warum der Gedanke an eine Ehe mit mir dich zögern lässt.

Er sieht die scharfe Konzentration in Judiths Augen, er beobachtet, wie sie ihre Gedanken sammelt, und dann beginnt sie mit sanfter Stimme: Unsere Situationen sind vollkommen verschieden, Sy. Du hast Anna nach einer langen, schönen Ehe verloren, und das hat dich jahrelang niedergeschlagen. Ich habe eine lange, schreckliche Ehe mit einem Mann hinter mir, den ich am Ende nur noch verachten konnte, und ich war überglücklich, als er seine Sachen gepackt und mich verlassen hat. Das ist erst vier Jahre her, und seitdem bin ich frei, natürlich noch mit Verantwortung für meine Arbeit, ansonsten aber meine eigene Chefin, ich allein entscheide, was ich tun will oder nicht. Deswegen bin ich so oft in New York – einfach weil ich dort sein will. Ich werde zu allen möglichen Veranstaltungen eingeladen, und wenn ich an einer Tagung teilnehmen oder eine Film- oder Theaterpremiere besuchen will, dann tue ich das. Ich genieße dieses Gewusel, es belebt mich, und dann komme ich nach Princeton zurück, halte meine Vorlesungen und bin mit dir zusammen, mit dem Mann, den ich liebe, dem Mann, den ich so lange lieben möchte, wie er es mit mir aushält, also hoffentlich für immer, und wie könnte ich mir mehr wünschen als das? Von so einem Leben habe ich immer geträumt, Sy, und jetzt, wo ich es habe, will ich es auskosten, so sehr ich nur kann.

Das Gespräch zieht sich anderthalb Stunden lang hin, doch schon nach zwanzig oder dreißig Minuten beginnen sie, sich zu wiederholen, bewegen sich hin und zurück auf immer demselben Gelände, ohne von ihrer Sicht auf das Problem auch nur im Geringsten abzuweichen, denn trotz ihrer gegensätzlichen Standpunkte zu der Frage, wie es weitergehen soll, verstehen sie die Sichtweise des anderen genau und haben sogar Verständnis dafür, aber sosehr Baumgartner Judiths Verlangen nach Freiheit, Autonomie und Selbstverwirklichung am Herzen liegt, sagt er, kann er nicht nachvollziehen, dass sie meint, diese Dinge würden ihr weggenommen, wenn sie zusammenzögen, was das heikle Thema ihrer ersten Ehen aufwirft, wie er und Anna, als sie unter einem Dach lebten, zu Freiheit und Selbstverwirklichung gefunden hatten, wohingegen Judith sich von ihrem verbiesterten, aufgeblasenen Joe zunehmend erstickt gefühlt hatte, was erklärt, warum sie zögert, den Sprung zu wagen, sagt sie, und warum er auf dem Sprungbrett auf und ab federt und es gar nicht erwarten kann, sich hineinzustürzen. Sie braucht Zeit, sagt sie, er darf sie nicht zu einer Entscheidung drängen, solange sie nicht bereit ist, und da ist was dran, findet Baumgartner, er nimmt die Warnung ernst und lässt locker, statt weiter auf sie einzureden, verkneift es sich gerade noch, ihr damit zu kommen, dass nichts von alledem mit Anna oder Joe zu tun hat und dass die Sache für ihn deshalb dringender ist als für sie, weil sie mehr Zeit hat als er, und dass er, je nachdem, was sie unter *Zeit* versteht, ohne Weiteres sterben kann, bevor sie sich zu einer Entscheidung durchgerungen hat. Nach diesem strategischen Rückzug ins Schweigen beginnt die Temperatur im Raum zu sinken, und schließlich macht sie ihm ein kleines, aber wichtiges Zugeständnis. Eins der Probleme an ihrer derzeitigen Abmachung, sich *zwei- oder dreimal die Woche* zu sehen, besteht darin, sagt er, dass sie zu vage ist. Dienstag und Donnerstag stehen als die *zwei* mehr oder weniger fest, aber der dritte Tag ist ein ständiger Unruheherd, immer wieder muss mit hektischen Telefonaten und Textbotschaften geklärt werden, ob es geht oder nicht, und wenn es geht, folgt ein hektisches Hin und Her über das Wann und Wo und Wie, und wenn es nicht geht, ärgert er sich jedes Mal über sich selbst, dass er sich so viel sinnlose Mühe für etwas gegeben hat, das sich am Ende als komplette Luftnummer herausstellt. Ich sage nichts dagegen, dass du mehr Zeit für die Antwort auf die große Frage brauchst, sagt er, aber ich finde, in dieser viel kleineren Frage wären wir besser dran, wenn wir den dritten Tag als Fixum dazunehmen, und weil der gewöhnlich sowieso auf einen Samstag hinausläuft, sollte es der Samstag sein, koste es, was es wolle, und wenn du an so einem Samstag zufällig einmal nach New York fahren möchtest, komme ich mit und begleite dich zu jeder Tagung, Film- oder Theaterpremiere, die du besuchen willst, und dann verbringen wir die Nacht in einem schicken Hotel und lassen uns am Sonntagmorgen das Frühstück aufs Zimmer bringen. Es sei denn, du hast noch einen Gigolo in einem Versteck an der Second Avenue auf Lager, in dem Fall würde ich natürlich zurücktreten.

Baumgartners lahme Imitation eines Filmschurken bringt Judith zum Lachen. Lass die dummen Sprüche, Mister, sagt sie. In meinem Leben gibt's nur einen Gigolo, kapiert? Und der hat dieselben Initialen wie du, kapiert? Also halt die Klappe und küss mich.

Und damit endet die Unterhaltung. Judith hat ihm einen Korb gegeben, zugleich aber hat sie ihm ein Bröckchen hingehalten, und dafür sollte er dankbar sein, und das ist er auch, denkt er, und doch, jetzt, wo er sich mit so wenig zufriedengibt, nachdem er sich so viel erhofft hat, kommt er sich vor wie ein Bettelmönch, der an die Hintertür des Palasts klopft und das königliche Küchenmädchen um ein paar Reste vom Teller der Königin bittet.

Auf dem Heimweg am Nachmittag darauf, vier Tage vor dem zehnten Jahrestag von Annas Tod, steht ihm klar vor Augen, dass er in seinem Leben nur ein Mal verheiratet sein wird. Judith wird ihn so lange hinhalten, bis er aufgibt und geht oder aber bei ihr bleibt und sich weiter an ihre Regeln hält bis zu dem Tag, an dem sie ihn verlässt. Er ist zu alt für sie, sie wird ihn niemals heiraten, auch wenn sie ihn auf ihre Weise liebt, vielleicht so sehr, wie er sie liebt, aber er ist nur eine Atempause in ihrem Leben, in der sie sich von den Wunden erholt, die ihr die Jahre mit Joe zugefügt haben, und wenn sie erst einmal wieder fest auf beiden Beinen steht, wird sie in die Arme eines Mannes sinken, der jünger und aufregender ist als er, und das war's dann.

Weil all dies in den folgenden neun Monaten tatsächlich so eintrifft und weil Judith Baumgartner wegen eines anderen Mannes verlässt und von New Jersey nach Kalifornien zieht, um an der UCLA eine Professur für Filmwissenschaft anzutreten, können wir uns eine detaillierte Schilderung dieser Monate sparen. Stattdessen schließen wir das Kapitel mit Baumgartner, der am 12. August 2018, eine Stunde nach seiner Rückkehr von Judiths Haus, mit einem Stift in der Hand an seinem Schreibtisch sitzt. Er bringt mal wieder eine seiner kleinen Fabeln zu Papier, von denen er im Lauf der Jahre schon eine Menge geschrieben hat, belanglose Nichtigkeiten, die er in eine Schublade stopft und noch nie jemandem gezeigt hat, nicht einmal Anna. Dennoch arbeitet Baumgartner in Zeiten äußerster Bedrängnis daran weiter, und heute ist er auf einem Tiefpunkt, an diesem Nachmittag seiner Trauer um den Tod dessen, was er für seine letzte Chance in Liebesdingen hält, und vielleicht hilft das sonderbare Stückchen dem Publikum, sich in die Gefühlslage unseres Helden in diesem einen Augenblick an diesem einen Tag hineinzuversetzen.

Lebenslänglich

Ich war gerade siebzehn geworden, als der oberste Richter des Northern District mir sein Urteil und das Strafmaß verkündete: *lebenslänglich Sätze machen.* Das war vor mehr als einem halben Jahrhundert, und seitdem sitze ich allein in einer Zelle im zweiten Stock der Haftanstalt Nr. 7. Ich gebe zu, die Strafe ist hart, aber ich will den Behörden nicht unrecht tun, die Tür meiner Zelle war nie abgeschlossen, und ich zweifle kaum daran, dass ich jederzeit hätte aufstehen und davongehen können. Nicht dass ich nie in Versuchung geraten wäre, doch aus Gründen, die ich selbst nie ganz verstanden habe, bin ich lieber geblieben.

Mein Aufseher, mittlerweile ein alter Mann, mindestens so alt wie ich, wenn nicht noch älter, hat nie ein Wort mit mir gesprochen. Seit über fünfzig Jahren bringt er mir dreimal am Tag das Essen, und in den ersten zwanzig Jahren hat er dreimal am Tag gelacht, wenn er hereinkam und mich über den Tisch gebeugt an meinen Sätzen arbeiten sah. In den folgenden zwanzig Jahren nahm er die Hand vor den Mund und kicherte. Jetzt schüttelt er nur noch den Kopf und stöhnt.

Zwei Zellen neben meiner saß ein anderer Gefangener, ein Mann namens Bronson oder Brownson, und manchmal sprachen wir über das schlechte Essen und die dünnen Laken auf unseren Pritschen, aber seit fünf oder sechs Jahren hat Bronson oder Brownson kein Wort mehr zu mir gesagt, wahrscheinlich ist er tot. Zweifellos haben sie ihn eines Nachts, während ich schlief, weggetragen.

Die neuerdings im Korridor herrschende Stille scheint mir zu sagen, dass außer mir niemand mehr im Einzelhafttrakt des Gefängnisses übrig ist. Das mag sich einsam anhören, aber so schlimm ist es gar nicht. Es verlangt viel Mühe, einen Satz zu machen, und viel Mühe verlangt viel Konzentration, und da, wenn man aus Sätzen ein zusammenhängendes Werk erschaffen will, unweigerlich ein Satz auf den anderen zu folgen hat, ist den ganzen Tag lang viel Konzentration verlangt, und daher vergehen mir die Tage wie im Flug, als ob jede Stunde auf der Uhr nicht länger als eine Minute dauert. Nach über fünfzig Jahren im Flug vergangener Tage fühlt es sich an, als wäre mein Leben vorübergehuscht wie ein Schatten. Ich bin alt geworden, aber weil die Tage wie im Flug vergangen sind, fühle ich mich im Wesentlichen noch jung, und solange ich einen Stift in der Hand halten und den Satz vor mir noch sehen kann, werde ich wohl weitermachen wie seit dem Morgen, an dem ich hier angekommen bin. Und sollte ich einmal nicht mehr weitermachen können, kann ich einfach aufstehen und gehen. Sollte ich dann zu alt zum Gehen sein, werde ich meinen Aufseher bitten, mir zu helfen. Er wird bestimmt froh sein, mich verschwinden zu sehen.

4

Ein Jahr und einen Monat später sitzt Baumgartner an demselben Schreibtisch in demselben Zimmer und zerbricht sich den Kopf darüber, ob er den Satz, den er gerade geschrieben hat, stehen lassen oder streichen und noch einmal von vorn anfangen soll. Er streicht ihn, doch bevor er noch einmal von vorn anfängt, erhebt er sich von seinem Stuhl, geht zum offenen Fenster und schaut in den Garten hinunter. Es ist ein prächtiger sonniger Nachmittag Mitte September, einer dieser dreisten, aufdringlichen Tage, die einfach so ins Haus poltern, einen am Kragen packen und ins Freie zerren, und statt also wieder zum Schreibtisch zu gehen und sich zum dritten oder vierten Mal mit diesem Satz herumzuschlagen, erliegt Baumgartner der Verlockung des Wetters und verlässt das Zimmer, geht in den Garten und lässt sich auf einem Klappstuhl zwischen Terrasse und Hartriegelstrauch nieder. Er klopft auf die linke Brusttasche seines Hemds und stellt fest, sie ist leer. Keine Sonnenbrille. Er muss sie gestern im Schlafzimmer gelassen haben, aber so ausnehmend grell die Sonne an diesem Nachmittag scheint, er hat keine Lust, ins Haus zurückzuschlurfen und sie zu suchen. An einem Tag wie diesem, sagt er sich, lass die Sonne mal lieber ihre Arbeit tun und die Welt erleuchten, und nimm das alles mit bloßen, ungeschützten Augen in dich auf.

Blinzelnd sieht er nach oben, wo ein Vogel durch die Luft saust. So weiße Wolken, denkt er. So reinweiße Wolken vor all diesem Blau, dem blauesten blauen Himmel, den er seit Jahren gesehen hat. Bemerkenswert, denkt er. Die Erde brennt, die Welt steht in Flammen, aber fürs Erste gibt es noch Tage wie diesen, und den sollte er auskosten, solange er das noch kann. Wer weiß, ob es nicht der letzte gute Tag ist, den er jemals erleben wird – oder überhaupt der letzte Tag von allen? Nicht dass er zu sterben erwartet, bevor am nächsten Morgen die Vögel erwachen, aber Tatsachen sind Tatsachen, und die Zahlen lügen nicht. Er ist jetzt einundsiebzig, in sechs Wochen steht der nächste Geburtstag an, und ist man erst einmal in dieser Zone schrumpfender Perspektiven angelangt, muss man mit allem rechnen.

Baumgartner senkt den Kopf, um das Gras zu seinen Füßen zu betrachten, doch auf dem Weg nach Süden bleibt sein Blick an der kleinen Wampe hängen, zu der sein einst flacher Bauch sich entwickelt hat, und dann bemerkt er, dass der Reißverschluss seines Hosenstalls nicht wie erwartet zugezogen ist, sondern offen steht, weit offen. Baumgartner ist entsetzt. Nicht schon wieder!, schimpft er mit sich. Mach nur weiter so, Trottel, bald wirst du nicht mal mehr deinen Namen wissen.

Vor Jahren, in seinen Vierzigern und frühen Fünfzigern, begann ihm aufzufallen, dass viele seiner älteren Freunde und Kollegen gelegentlich mit offener Hose von der Toilette kamen, die Weißhaarigen in den Mittsiebzigern und frühen Achtzigern, die an ihren Tisch im Restaurant zurückkehrten, ohne sich des offenen Scheunentors unterhalb ihres Gürtels bewusst zu sein. Anfangs hatten ihn diese harmlosen Pannen amüsiert. Dann amüsiert und zugleich traurig gestimmt. Dann traurig gestimmt und gar nicht mehr amüsiert, denn unterdessen hatte er genug davon mitbekommen, um zu begreifen, dass die offen stehende Hose der Anfang vom Ende ist, der erste Schritt auf dem langen Weg bergab ans Ende der Welt. Jetzt, wo es auch bei ihm damit anfängt – *viermal in den letzten zwei Wochen* –, fragt er sich, wie viele Monate oder Jahre ihm noch bleiben, bis er selbst zum vollwertigen Mitglied dieses Klubs geworden ist.

Da kann man nichts machen, denkt er, absolut nichts. Der Verlust des Kurzzeitgedächtnisses gehört zum Älterwerden zwangsläufig dazu, und wenn es sich nicht darin zeigt, dass man vergisst, seine Hose zuzumachen, dann eben darin, dass man im ganzen Haus nach seiner Brille sucht, während man ebendiese Brille in der Hand hält, oder dass man nach unten geht, um irgendwelche Kleinigkeiten zu erledigen, ein Buch aus dem Wohnzimmer und ein Glas Saft aus der Küche holen, und dann mit dem Buch, aber ohne den Saft in den ersten Stock zurückgeht, oder mit dem Saft, aber ohne das Buch, oder sogar mit keinem von beiden, weil einen unten etwas Drittes abgelenkt hat und man mit leeren Händen nach oben zurückkehrt und sich fragt, warum man überhaupt nach unten gegangen ist. Nicht dass er ähnliche Aussetzer nicht auch in jungen Jahren hatte, dass ihm plötzlich der Name irgendwelcher Schauspielerinnen oder Schriftsteller oder des aktuellen Wirtschaftsministers nicht einfallen wollte, aber je älter man wird, desto häufiger passiert einem so etwas, und wenn es einem so oft passiert, dass man kaum noch weiß, wo man ist, und sich in der Gegenwart nicht mehr zurechtfindet, dann ist man weg, noch am Leben, aber weg. Früher hieß das Altersschwäche. Heute heißt es Demenz, aber so oder so, Baumgartner weiß, sollte es einmal so mit ihm enden, hat er noch einen weiten Weg vor sich. Er kann noch denken, und weil er denken kann, kann er noch schreiben, und auch wenn er jetzt ein wenig länger braucht, seine Sätze zu Ende zu bringen, ist das Ergebnis doch immer noch ziemlich so wie früher. Gut. Gut, dass *Rätsel des Steuers* vorankommt, und gut, dass er mit der Arbeit heute früher aufgehört hat und an diesem prächtigen Nachmittag draußen im Garten sitzt und die Gedanken in alle Richtungen schweifen lässt, und nach den vielen Grübeleien über das Kurzzeitgedächtnis kommt er nun auf das Langzeitgedächtnis, und bei dem Wort *lang* flackern in einem entlegenen Winkel seines Hirns Bilder aus der fernen Vergangenheit auf, und plötzlich drängt es ihn, im Dickicht und Unterholz dieser Erinnerungen zu stöbern und zu sehen, was es dort zu entdecken gibt. Statt also weiter in die weißen Wolken und den blauen Himmel und das grüne Gras zu starren, macht Baumgartner die Augen zu, lehnt sich auf seinem Stuhl zurück, richtet das Gesicht zur Sonne und versucht, sich zu entspannen. Die Welt ist eine rote Flamme auf seinen Augenlidern. Er atmet ein und aus, ein und aus, zieht Luft durch die Nase ein und lässt sie durch halb geöffnete Lippen wieder ausströmen, und nach zwanzig oder dreißig Sekunden sagt er sich, lass die Erinnerungen kommen.

Das Erste, was ihm einfällt, ist der Familienausflug nach Washington im Frühjahr 1956, das einzige Mal, dass seine erschöpften, abgearbeiteten Eltern es geschafft hatten, eine Reise über die Außenbezirke von Newark hinaus zu organisieren, das erste Mal, dass die vier Baumgartners irgendwo anders schlafen sollten als in ihrer Wohnung an der Lyons Avenue, direkt über dem Geschäft seiner Eltern, Trocadero

Fashions, dem Kleiderladen für den Bedarf der eher einkommensschwachen Frauen der Nachbarschaft, der so gut wie nichts abwarf. Baumgartner war achteinhalb, die kleine Naomi noch nicht fünf. Um sieben Uhr am Freitagmorgen, dem einzigen Tag in seiner Kindheit, an dem er einmal die Schule schwänzen durfte, hängte sein Vater ein Schild an die Eingangstür von Trocadero Fashions: MONTAG WIEDER GEÖFFNET. Dann kletterten die vier in das Familienauto, einen verbeulten blauen Chevy, der 1950 irgendwo am Arsch der Welt vom Fließband gerollt war, und ab ging die Fahrt in die Hauptstadt der Nation an diesem mit weißen Wolken und blauem Himmel geschmückten Morgen, der sich zu einem dem gegenwärtigen unheimlich ähnlichen Nachmittag entwickelte, vermutlich der Grund, warum Baumgartner sich jetzt an die Geschichte erinnert. Angekommen, checkten sie in ihrem Hotel ein (Namen vergessen bis auf das *The* davor), dem ersten Hotel, in das er und seine Schwester jemals einen Fuß gesetzt hatten, seiner Mutter zufolge auch das erste Hotel, das sie und sein Vater seit ihren Flitterwochen in den Catskills dreizehn Jahre zuvor betreten hatten. Auf Naomi, deren Gedankenwelt zu der Zeit von Feenprinzessinnen, bösen Zauberern und liebeskranken Helden in Strumpfhosen und Samthüten beherrscht wurde, wirkte das Hotel so riesig und prachtvoll, dass es sich nur oder jedenfalls ziemlich sicher um ein verwunschenes Schloss handeln konnte, während es in Baumgartners weniger getrübten Augen eine reichlich schäbige Bruchbude war, mit zerfransten Teppichen und Wasserflecken an der Badezimmerdecke.

Mittlerweile war es kurz nach zwei. Eine kleine Pause,

während er und seine Eltern die Koffer auspackten und Naomi zwischen den nebeneinanderliegenden Zimmern hin und her rannte und sich im Sturzflug auf die Betten warf, und dann brachen sie auf und erkundeten bei perfektem Maiwetter die Sehenswürdigkeiten, das Kapitol mit seiner Kuppel, das Weiße Haus, den Supreme Court, die blühenden Kirschbäume, die Mall, den Obelisken und den geheiligten Lincoln auf seinem kolossalen Marmorstuhl, doch je länger sie durch die Straßen zogen, desto unruhiger wurde seine Schwester, irgendetwas machte ihr so zu schaffen, dass sie am Ende in Tränen ausbrach. Ich will nach Washington!, schrie sie. Aber du *bist* in Washington, sagten Baumgartner und seine Eltern zu ihr. Sieh dich um. Alles, was du hier siehst, ist Washington. Nein, behauptete sie, und die Tränen strömten ihr nur so übers Gesicht, nicht *dieses* Washington – das richtige Washington! Keiner verstand, wovon sie redete. Um Trostgründe verlegen, hob Baumgartners Vater sie hoch und trug sie in seinen Armen, damit der Spaziergang fortgesetzt werden konnte. Binnen zwei Minuten war sie eingeschlafen, und als sie eine halbe Stunde später ins Hotel zurückkamen, wachte seine Schwester auf, kaum dass sie durch die Tür gegangen waren. Sie sah sich in der Lobby um und lächelte. Das ist besser, sagte sie. Jetzt sind wir wieder im richtigen Washington.

Wie sie ihn bewundert hatte, als sie klein waren, den großen Bruder, der auf sie aufpasste und ihr gut zuredete und sie tröstete, wenn sie mal wieder einen ihrer nicht seltenen dramatischen Ausbrüche hatte, der sie mit Geschichten von unsichtbaren Leuten unterhielt, die auf seiner linken Schulter wohnten und allerlei Possen mit den Halunken auf seiner rechten Schulter trieben, den allmächtigen Sy, der sich diese Wunderdinge ausdachte und sie vor den Schlägen des Universums beschützte, wie hatte sie damals zu ihm aufgesehen, und wie hatte er sie nach und nach im Stich gelassen, als er die Kindheit hinter sich ließ, in die Pubertät stolperte und allmählich zu dem trüben Schluss kam, dass zu Hause kein guter Platz für ihn war, dass er die beengte, hässliche Wohnung und den erbärmlichen Kleiderladen unten nicht mehr ertragen konnte, und wie er da von all dem abgerückt war und sich der Welt seiner Freunde angeschlossen hatte, die schon bald zur großen Welt jenseits von Newark wurde, denn Glückspilz Sy war ein so begabter Schüler, dass er mit zwölf eine Klasse überspringen durfte, und weil sein Geburtstag in den November fiel, konnte er mit gerade einmal sechzehn den Abschluss an der Weequahic High School machen, und dann war er weg, ab in die Ferne, in die Ebenen des ländlichen Ohio ans Oberlin College, mit einem Stipendium für vier Jahre, die er in dreieinhalb absolvierte, indes die zwölfjährige Naomi sich in der düsteren Wohnung über dem Kleiderladen alleine durchschlagen musste, und so geschah es, dass der gütige Prinz ihrer frühen Kindheit zu einer herzlosen, abscheulichen Kröte wurde. Oder zu einem Stück Scheiße. Oder zu einer Kröte in Form eines Stücks Scheiße.

Er verübelt ihr nicht, dass sie ihm grollt, aber damals war er zu jung und zu sehr mit seinem eigenen Leben beschäftigt, als dass er für das zarte, stürmische Geschöpf Verantwortung empfinden konnte, das zufällig dieselben Eltern hatte wie er und mit drei Jahren sein, Baumgartners, Zimmer zugewiesen bekam, was ihn zwang, nachts auf der Klappcouch im Wohnzimmer zu schlafen und seine Hausaufgaben in der Schulbücherei oder bei Dickie Birnbaum ein paar Häuser nebenan zu machen. Er hatte in ihrem Alter schließlich auch keinen gehabt, der auf ihn aufpasste, und er nahm an, irgendwie werde sie schon allein zurechtkommen. Damit lag er teils richtig, teils falsch. Richtig in dem Sinn, dass sie zu einer gewöhnlichen reizbaren Neurotikerin heranwuchs und nicht zu einer tobsüchtigen Irren, richtig in dem Sinn, dass sie intelligent genug war, aufs College zu gehen, und hübsch genug, die begehrlichen Blicke etlicher junger Männer auf sich zu ziehen, von denen sie einen schließlich heiratete; falsch hingegen in dem Sinn, dass sie jemals von ihrer Feindseligkeit ihm gegenüber ablassen könnte, für sie blieb er der Großkotz mit seinem Stipendium und seinem Studienjahr in Paris, der Alles- und Besserwisser, der sich, nachdem er bei der Musterung zum Wehrdienst wegen eines falsch diagnostizierten Herzgeräuschs durchgefallen war, umgehend verkrümelte und sich die nächsten sieben Monate mit Gelegenheitsjobs – Zimmermannsgehilfe in Missoula, Umzugshelfer in Saint Paul, Tellerwäscher in Chicago, Anstreicher in Charleston – im ganzen Land herumtrieb, wobei er, von ein paar Postkarten abgesehen, nichts von sich hören ließ, im Anschluss daran ein Aufbaustudium an der Columbia, mit noch einem Jahr in Paris, und seine Dissertation über Merleau Wie-hieß-er-noch-gleich, als ob irgendwer sich einen Dreck um einen toten französischen Philosophen scherte, und dann sein kommoder Job als Assistenzprofessor an der New School, wohingegen sie, die zweitrangige kleine Schwester, Absolventin des Montclair State Teachers College und Lehrerin elf- und zwölfjähriger

Kinder, *in den Schützengräben des wirklichen Lebens* steckte und nicht mit dem Kopf in den Wolken umherstolzierte und sich als gottverdammte *Intellektuelle* in Pose warf. Immer und immer wieder sagte Baumgartner zu ihr: Im Gegensatz zu dem, was du vielleicht denkst, Naomi, bin ich ganz deiner Meinung. Ohne dich würde es keine Zukunft geben. Man kann das nicht vergleichen. Wir beide sind Lehrer, ja, aber dein Job ist sehr viel wichtiger als meiner. Worauf Naomi jedes Mal antwortete: Ha!

Baumgartner unterbricht sich mitten in diesen Gedanken und fragt sich, was zum Teufel er da macht. Warum zurückgehen und auf diesem toten Gaul herumreiten, wo er doch eigentlich mit Handrechen und Spielzeugschaufel im Wald herumkriechen und kleine Schätze aus der neolithischen Vergangenheit ausbuddeln wollte, zum Beispiel das Stechen in der Nase und das Brennen im Rachen, als er mit zwölf zum ersten Mal heimlich Whisky getrunken hatte, oder die geheimnisvolle Wärme, die seinen heranwachsenden Körper durchströmte, als er zum ersten Mal einen Ständer bekam, oder wie er, als er mit fünfzehn zum ersten Mal die *Matthäuspassion* hörte, von Rührung überwältigt in Tränen ausgebrochen war. Er könnte sich auch leicht anders gelagerte Augenblicke ins Gedächtnis zurückrufen, zum Beispiel wie er als kleiner Junge durch hüfthohe Schneewehen gestapft war oder wie er als größerer Junge auf Bäume geklettert war oder als noch größerer Junge zurückgeschlagen hatte, als er von einem schwachsinnigen Judenhasser in schwarzer Motorradkluft geschlagen worden war, oder er könnte, vielleicht eher sachdienlich, einmal untersuchen, warum manche flüchtigen, zufälligen Augenblicke im Gedächtnis haften bleiben, während andere, vermeintlich wichtigere Augenblicke für immer verschwinden. Zum Beispiel weiß er nichts mehr von der Abschlussfeier an der Highschool, oder welche Farbe sein erstes Fahrrad hatte; ebenso ist nichts mehr übrig von seinen Kommilitonen an der New School, die dreimal die Woche mit ihm in den frühmorgendlichen Vorlesungen über die Vorsokratiker saßen, nicht ein einziger Name, nicht ein einziges Gesicht, aber an das kleine Mädchen, das vor einem halben Jahrhundert mit ihm im Zug gesessen hat, erinnert er sich genau, Hunderte Male hat er seitdem an diese Kleine gedacht. Warum ausgerechnet sie, mit der er nie ein Wort gewechselt hat, und nicht ein einziger dieser vierzehn oder fünfzehn Kommilitonen?

Es war am Ende seiner Zeit auf Achse, der harten Monate, die er schweigend, mit körperlicher Arbeit und schonungsloser Selbsterforschung verbracht hatte, im Spätsommer 1968, dem apokalyptischen Jahr von Feuer und Blut, dem Jahr, in dem Amerika einen kollektiven Nervenzusammenbruch erlitt, und da war er, mit einem Billigticket auf dem Weg von Charleston nach New York, in einem Bummelzug, der buchstäblich an jeder Milchkanne hielt und für die Strecke geschlagene vierundzwanzig Stunden brauchte. An der sechsten oder siebten Haltestelle stieg die Kleine mit ihrer Mutter ein, beide in Kleidern, stellte Baumgartner sich vor, in denen sie sonntags zur Kirche gingen, einer Schwarzenkirche in diesem Fall, denn die Kleine und ihre Mutter waren schwarz, zwei schwarze Südstaatlerinnen in einer Zeit, als die Rassentrennung noch sehr lebendig war, auch wenn das Gesetz sie für tot erklärt hatte, und wenn Schwarze in einen für alle Rassen freigegebenen Zug stiegen und viele Stunden lang den kritischen Blicken weißer Mitpassagiere ausgesetzt waren, taten sie gut daran, sich besonders sorgfältig zu kleiden und so manierlich und unauffällig wie möglich aufzutreten. Die beiden nahmen zwei Reihen vor Baumgartner auf der anderen Gangseite Platz, und da Mutter und Tochter nach Süden blickten und Baumgartner nach Norden, hatte er während der ganzen Fahrt freie Sicht auf sie, neun oder zehn Stunden lang, bis sie, wenn er nicht irrt, in Washington ausstiegen. Er kann sich nicht erinnern, ob sie etwas zu essen dabei hatten oder zwischendurch etwas essen gingen, er erinnert sich aber noch, dass die Kleine weiße Handschuhe trug, so reinweiß wie die Wolken am Himmel an diesem Nachmittag, makellos weiße Handschuhe, ein gestärktes und gebügeltes Partykleid, welche Farbe, hat er vergessen, weiße Söckchen und spiegelblanke schwarze Mary Janes an den Füßen, ein beeindruckend herausgeputztes Persönchen, Beweis für die gewissenhafte Sorgfalt, die ihre Mutter ihr angedeihen ließ, aber noch beeindruckender fand Baumgartner die Selbstbeherrschung, die das Mädchen auf der ganzen langen Fahrt bewahrte, vollkommen reglos saß sie da, stundenlang die Hände im Schoß gefaltet, Schultern und Rücken gerade, eine ausnehmend aufrechte Haltung, nur ab und zu wandte sie den Kopf und sah aus dem Fenster, nur ab und zu flüsterte sie ihrer Mutter etwas ins Ohr oder hörte zu, wenn ihre Mutter ihr etwas ins Ohr flüsterte, und antwortete mit einem Nicken oder Kopfschütteln oder Lächeln. Sie hatte nichts bei sich, keine Puppe, kein Buch, kein Spielzeug, nichts, was sie von der Monotonie der langweiligen Zugfahrt ablenken konnte, sie saß einfach nur da und schaute vor sich hin, dachte oder träumte oder grübelte, genau wie

Baumgartner immer gedacht und geträumt und gegrübelt hatte, zappelte nicht herum, wie Naomi es in diesem Alter getan hätte, jammerte und klagte nicht, wie Naomi es noch getan hatte, als sie doppelt so alt wie diese Kleine war, und während Baumgartner dieses außergewöhnliche Kind beobachtete, fragte er sich nach dem Grund für ihr Verhalten, war es Stolz oder Furcht oder eine Mischung aus beidem. Zweifellos hatte ihre Mutter ihr eingeschärft, wie sie sich auf der Fahrt zu benehmen hatte, aber es war unmöglich zu sagen, ob sie dazu auch harsche Konsequenzen angedroht hatte für den Fall, dass sie sich nicht so betrug, wie es von ihr erwartet wurde, eine Tracht Prügel, wer weiß, oder irgendeine andere gefürchtete Form von Strafe, oder, eher wahrscheinlich, fand Baumgartner, da die Mutter ihm eine freundliche Mutter zu sein schien, eine Frau, die auf die Umstände Rücksicht nahm, aber dennoch eine freundliche Mutter, die ihrer Tochter am eigenen Beispiel und mit Worten beibrachte, wie man in der amerikanischen Gegenwart überleben konnte, und weil die Kleine ihre Mutter vergötterte und ihr in allem nacheifern wollte, tat sie bedenkenlos, aber auch furchtlos alles, was ihr gesagt wurde. Irgendwann ließ sie den Kopf an die Schulter der Mutter sinken, schloss die Augen und schlief ein. Die Mutter legte den Arm um ihre Tochter, betrachtete sie eine Weile und drehte sich dann zum Fenster um und sah in die vorbeiziehende Landschaft hinaus, bis sie in Washington eintrafen.

Zwei Jahre später ein anderes Kind in einem anderen Zug, diesmal ein zehn oder elf Jahre alter Junge, und diesmal ein unterirdischer Zug, die Pariser Metro, von wo nach wo sie fuhr, hatte er ebenso vergessen wie die Jahreszeit oder die

Tageszeit, obwohl er vermutet, dass es am späten Nachmittag war, denn die Bahn war ziemlich voll und wurde an jeder Haltestelle voller, Baumgartner hatte noch einen Sitzplatz ergattert, viele andere mussten stehen, hielten sich an Stangen und Haltegurten fest, ein lärmender Metrowagen, mit Metallrädern, die auf Eisenschienen ratterten, und hübschen Türen aus lackiertem Holz und silbernem Handgriff, den man am Knauf hochdrücken musste, damit die Tür aufging. Er sieht das alles noch vor sich, er fühlt es noch körperlich – unauslöschliches Treibgut aus der nicht verlorenen, aber längst entschwundenen Vergangenheit. Er muss von dem Buch oder Zeitung, die er las, aufgeblickt haben, denn irgendwann bemerkte er, dass er diesen Jungen und seinen Vater anstarrte, die direkt vor ihm an einer der Stangen standen, die Gesichter einander zugewandt, die meiste Zeit schweigend, auch wenn sich gelegentlich einer der beiden vorbeugte und zu dem anderen etwas sagte, aber das Fahrgeräusch war so laut, dass Baumgartner kein Wort davon mitbekam. Der Zehn- oder Elfjährige sah gut aus, mittelgroß, weder dick noch dürr, weder dunkel noch blond, ein kleiner Mensch im Werden, ein aufmerksames und gut erzogenes Kind auf einem Ausflug mit seinem Vater, und wenn Baumgartner die Miene des Jungen richtig deutete, glaubte er darin eine stille Zufriedenheit zu bemerken, was nahelegte, dass Ausflüge allein mit seinem Vater eher eine Seltenheit waren. Der Vater selbst schien wenig mehr als ein Stück Menschenfleisch zu sein, mit dickem Bauch und grauem Gesicht, vielleicht ein kleiner Beamter oder Bank- oder Büroangestellter, eine fade Erscheinung, höchstens Ende dreißig oder Anfang vierzig, aber schon von seinem Job oder seinem Leben oder der Welt zermalmt und ohne Hoffnung, jemals wieder auf die Beine zu kommen. So jedenfalls stellte Baumgartner es sich vor, aber was wusste er denn schon. Genauso gut konnte der aufgeweckte, vielversprechende Knabe ein kleiner Dieb oder ein künftiger Straßenräuber sein, und der müde Vater war womöglich ein Muster an physischer Kraft und Seelenstärke. Und dann, mitten in diese wirren Spekulationen hinein, die für Baumgartner bis zum heutigen Tag lebendig geblieben sind, beugte der Junge sich vor und sagte etwas zu seinem Vater, und gleich darauf holte der Vater aus und schlug dem Jungen ins Gesicht. Eine derbe, brutale Ohrfeige ohne erkennbaren Grund – laut wie ein Pistolenschuss, blitzschnell wie eine Kugel in die Brust des Jungen. Seit neunundvierzig Jahren versucht Baumgartner zu ergründen, was der Junge gesagt haben könnte, und obwohl er weiß, dass er nie dahinterkommen wird, fragt er sich immer wieder, was das gewesen sein könnte. Der Junge stand fassungslos zwei, drei Sekunden lang einfach nur da, wie erstarrt, dann hob er eine Hand und legte sie an die attackierte, bestimmt schon brennend heiße Wange, ließ den Kopf sinken und sah zu Boden, ein Häufchen Elend, das mit verzerrtem Gesicht die Tränen zurückzudrängen suchte, die ihm in die Augen schossen. Der Vater sah sich das in seinem eigenen privaten Elend an, entsetzt von seiner Tat, schaudernd vor der Wut, die aus seiner Hand ausgebrochen war und ihn dazu gebracht hatte, seinen Sohn zu schlagen, als beginne er zum ersten Mal, seit er Vater geworden war, zu begreifen, dass Väter unbegrenzte Macht über ihre Söhne haben, und wer diese Macht missbraucht, wird zum Tyrannen, zum Schläger. Was immer der Mann gedacht haben mochte, er brachte es nicht über sich, mit seinem Sohn zu reden, der jetzt bitterlich weinte und noch immer nicht vom Boden aufgesehen hatte. In seiner Hilflosigkeit nahm der Vater ein Taschentuch aus seiner Tasche und hielt es dem Jungen so tief hin, dass er es sehen konnte, auch wenn er noch immer nicht den Blick vom Boden hob. Er nahm das Taschentuch und bedeckte sich das Gesicht damit, sah aber immer noch nicht auf. Der Vater sagte nichts. Zwanzig Sekunden später erreichte die Bahn Baumgartners Haltestelle. Er stand auf, ging zu einer Tür, betätigte den Hebel, die Tür glitt auf, und er trat auf den Bahnsteig hinaus. Er drehte sich noch einmal nach den beiden um, aber der Junge und sein Vater waren hinter den Scharen nachrückender Passagiere nicht mehr zu sehen.

Sein Vater hatte ihm nie ins Gesicht geschlagen. Er hatte ihn auch nie mit Fäusten oder Fußtritten traktiert oder ihm den Hintern versohlt, aber Baumgartners Vater war ein alter Vater gewesen, und wer weiß, ob er ihn nicht gelegentlich verprügelt hätte, wenn er jünger und kräftiger gewesen wäre. 1905 in Warschau geboren, 1965 in Newark gestorben. Kein langes Leben nach heutigen Maßstäben, aber wie kann man erwarten, bis ins Greisenalter durchzuhalten, wenn man täglich vier Päckchen Zigaretten raucht und sich hauptsächlich von Borschtsch, Salzhering und hart gekochten Eiern ernährt? Nicht Lungenkrebs, sondern Lungenembolie, was auf dasselbe hinausläuft, aber schneller und zuverlässiger vonstattengeht: Ein Blutgerinnsel wandert vom Bein in den linken Lungenflügel hinauf, und eine Minute später ist man ein Körnchen kosmischen Staubs.

Zum zweiten Mal innerhalb von fünf Minuten unterbricht

sich Baumgartner mitten in seinen Gedanken und fragt sich, was er da macht. Seine Familie ist das Letzte, woran er an diesem Nachmittag denken will, und doch hat er seine kleine Exkursion in die Vergangenheit mit Erinnerungen an den Familienausflug nach Washington angefangen, was dann zu all dem Unsinn über seine Schwester geführt hat, und jetzt ist er auch noch bei seinem Vater gelandet. Nicht dass er nicht versucht hat, dem Thema auszuweichen, doch als er sich die zwei Geschichten mit den Kindern im Zug ins Gedächtnis rief, der Kleinen und ihrer Mutter und dem Jungen und seinem Vater, dachte er zugleich an sich selbst und seine Eltern, denn jetzt wird ihm klar, dass diese Kinder ihm deshalb all diese Jahre nachgegangen sind, weil er sie als Doubles seiner selbst als Kind betrachtet hat, und wenn es kein Entrinnen gibt aus dem Gebiet, in das er gegen seinen Willen abgeschweift ist, das er in Wahrheit jedoch eindeutig mit voller Absicht betreten hat, dann scheiß drauf, sagt Baumgartner zu sich selbst, satteln wir den alten Gaul und bringen die Sache zu Ende.

Tecumseh. Das zunächst und vielleicht vor allem anderen: dieser zweite Vorname, den ihm sein eigensinniger Vater verpasst hatte, damit er sich den scheußlichen *Seymour* sparen und für seine Bücher und im Berufsleben den Namen S. T. Baumgartner benutzen konnte. Tecumseh war ein ausgesprochen unorthodoxer Name für einen in der Mitte des 20. Jahrhunderts geborenen Sohn einer weißen amerikanischen Familie, erst recht für einen jüdisch-amerikanischen Sohn aus Newark, mit Vorfahren aus Polen und Gebieten östlich von Polen; es war nur so, dass sein Vater, ein Autodidakt und Vielleser, der sich selbst als *Anarcho-Pazifisten* und *Gottlosen Krieger* bezeichnete, diesen Shawnee-Häuptling mehr als alle anderen Amerikaner aller Zeiten schätzte und den Namen Tecumseh geradezu als Auszeichnung für seinen Sohn verstand. In den Tagen nach dem Tod seines Vaters, da war Baumgartner gerade erst siebzehn, fand er unter den Sachen des Verstorbenen einen dicken, unfrankierten Umschlag: *Für meinen Sohn am ersten Tag seines Lebens.* Der Brief hätte ihm an seinem dreizehnten Geburtstag ausgehändigt werden sollen, aber wie sein Vater nun einmal war, hatte er ihn irgendwo abgelegt und schließlich vergessen. Immerhin erklärte der letzte Absatz in seinem überaus blumigen, schwülstigen Altmännerstil, warum er Tecumseh für so außerordentlich bedeutend hielt: ... weil er Mut besaß, Menschlichkeit und schärfste Intelligenz, ein Mann, der seinen disparaten, weit verstreuten Stamm zum Widerstand einen wollte gegen die europäischen Invasoren, die darauf aus waren, den Stamm der Shawnee und alle anderen Indianerstämme überall auf diesem verfluchten, blutgetränkten Kontinent zu vernichten. Gleichgültig, dass er in diesem Kampf ums Leben kam. Tecumseh hat für das Gute gekämpft. Und mehr will ich nie von dir verlangen, mein neugeborener Sohn, in deinen ersten Stunden auf dem weiten Weg, ein Mann zu werden, ein Mann, der seinen Verstand zu gebrauchen weiß, der zur Tat schreitet und in der Welt eine Rolle einnimmt – nur dies und nichts anderes erwarte ich: dass du für das Gute kämpfst.

Schon damals, vor vierundfünfzig Jahren, hatte Baumgartner gedacht, dass sein Vater wahrscheinlich betrunken war, als er das geschrieben hatte, und während der alternde Sohn jetzt seine widersprüchlichen Erinnerungen an den

Vater durchgeht, richtet er seine Gedanken genauer auf den Brief und versucht, sich vorzustellen, unter welchen Umständen diese dreieinhalb Seiten geschrieben wurden. Ein Mann von zweiundvierzig Jahren ist gerade zum ersten Mal Vater geworden. Er lässt seine junge Frau und seinen neugeborenen Sohn im Krankenhaus zurück und kommt in die leere Wohnung über dem Kleiderladen an der Lyons Avenue. Er schneidet sich eine Scheibe Roggenbrot von dem Laib auf der Küchenanrichte, macht sich eine bescheidene Portion Hering zurecht und setzt sich an den Tisch, wo ihn bereits ein Schnapsglas und eine Flasche Sliwowitz erwarten. Er isst und trinkt, und nach dem Essen trinkt er noch zwei oder drei weitere Gläschen. Ihm ist feierlich zumute, er frohlockt innerlich, er hat so etwas noch nie erlebt, und diesen störrischen, oftmals hartherzigen Mann durchfluten Wogen des Glücks, ein ozeanisches Brausen schwillt ihm vom Magen bis in die Kehle und reißt ihn lange genug aus sich selbst heraus, dass er begreift, wie klein er ist, ein winziges Ding inmitten der Trillionen anderer winziger Dinge, aus denen sich das Universum zusammensetzt, und was ist es für ein gutes Gefühl, sich selbst hinter sich gelassen zu haben und ein Teil des ungeheuren fließenden Rätsels des Lebens geworden zu sein. Zweiundvierzig Jahre alt, und endlich Vater, denkt er. Zweiundvierzig Jahre voller Fehlschläge und Enttäuschungen, und plötzlich diese unwahrscheinliche Wendung zu etwas, das dem Glück ähnlich sieht, zumindest für diese eine Nacht, zumindest für diese wenigen Stunden, und so nimmt er die Flasche und das Glas und geht in das Gästezimmer am anderen Ende der Wohnung, das Zimmer, das nur er allein betreten darf und das später für Baumgartner und dann für Naomi freigegeben werden sollte, doch an diesem Abend im November 1947 ist es noch das unumschränkte Reich seines Vaters, eine schmucklose, drei mal vier Meter große Kammer, ausgestattet mit einem Schreibtisch, einem Stuhl und mehreren Regalen voller zerlesener, meist antiquarischer Bücher, anarchistische und sozialistische Literatur und Dutzende Bände europäische und amerikanische Geschichte. Neuere Bücher, allesamt aus der Bibliothek geliehen, liegen stapelweise auf dem Fußboden herum, viele davon längst überfällig. Sein Vater stellt die Flasche und das Glas auf den Schreibtisch, schenkt sich noch einen Schluck ein, kippt ihn runter, nimmt ein paar unbeschriebene Blatt Papier aus der oberen Schublade links, schraubt seinen Federhalter auf und beginnt an diesem ersten Lebenstag seines Jungen den Brief an Seymour Tecumseh Baumgartner. Darin erzählt er von seinen Hoffnungen, die Welt besser zu machen, gerechter, in einer Gesellschaft von Gleichen zu leben, die weder auf den Gesetzen des Dschungels (Kapitalismus) noch auf den Gesetzen der Maschine (Marxismus) basiert, sondern auf natürlichen Gesetzen, organischen Vorgängen und organischem Wachstum, was eine neue Gesellschaftsordnung zur Folge haben würde, den *demokratischen Kommunalismus*. Die Sprache ist geschwollen, die Botschaft irgendwie unklar, aber der Ton ist sanft und überzeugend, und wenn Baumgartner an all den Zorn und Zynismus denkt, den sein Vater versprühte, wann immer er in späteren Jahren seine politischen Tiraden vom Stapel ließ, scheint ihm die Nacht seiner Geburt das einzige Mal gewesen zu sein, dass sein alter Herr von seinem hohen Ross gestiegen ist und das ganze Ausmaß des in ihm lodernden Idealismus offenbart hat. Immerhin etwas, denkt Baumgartner, indem er wieder in den Himmel blickt und den langsamen Lauf einer Wolke verfolgt. Wenigstens das, und dann noch Tecumseh, der Ausgleich für den leidigen ersten Vornamen, sodass er für die Welt zu S. T. werden konnte, Sy für seine Freunde und Geliebten und Seymour für niemanden außer einem längst gestorbenen Grundschullehrer aus ferner, kaum erinnerter Vergangenheit.

In seinen ersten Lebensjahren war sein Vater Jakov der Pole, und als er mit sechs nach Amerika kam, wurde er Jacob das Greenhorn, drittes von fünf Kindern, die Solomon und Ida Baumgartner geboren wurden, zwei Mädchen vor ihm und zwei Jungen, Zwillinge, nach ihm, er also der älteste Sohn, von Kindesbeinen an von seinem Vater im kniffligen Handwerk der Arbeit mit Nadel und Faden unterrichtet; der Vater, Schneider in dritter Generation, hatte 1912 an der Newarker Market Street eine Schneiderei eröffnet und zeitlebens gehofft, sein erstgeborener Sohn werde das Geschäft eines Tages übernehmen. Dem wenigen zufolge, was Baumgartner über die frühen Jahre seines Vaters gehört hatte (hauptsächlich von seiner Mutter), war der junge Jacob ein begabter, aber lustloser Schüler, der gar nicht daran dachte, jemals in die Fußstapfen irgendeines anderen zu treten. Bücher faszinierten ihn weit mehr als die Plackerei an der Nähmaschine, und mit elf oder zwölf hörte er auf, nach der Schule für seinen Vater zu arbeiten, um sich ganz aufs Lesen zu konzentrieren; beseelt von dem Verlangen, eines Tages nicht als Schneider in vierter Generation zu enden, wollte er aufs College gehen, einen höheren Abschluss in Geschichte machen oder vielleicht Jura studieren, um dann als linker

Anwalt für die Armen und Unterdrückten zu kämpfen, oder vielleicht einen Bogen um die Gesetze machen und als gesetzloser Aufwiegler und Organisator der unterdrückten Arbeiterschaft wirken – Mietstreiks, Sit-ins in Ausbeuterbetrieben, Demonstrationen und Kundgebungen auf Großstadtstraßen. Jacob kam auf diesem Weg nur in kleinen Schritten voran, denn große Schritte, wie er sie sich ausgemalt hatte, ließ seine finanzielle Lage nicht zu. Dennoch hatte er das Gefühl, sich in die richtige Richtung zu bewegen, besuchte die Abendschule und arbeitete tagsüber in der Newark Public Library, war aber mangels ausreichender Einkünfte gezwungen, weiter bei seinen Eltern zu wohnen, und da seine beiden älteren Schwestern in hoffnungslosen Ehen mit schmierigen Taugenichtsen feststeckten und seine beiden jüngeren Brüder sich rapide zu unbrauchbaren Idioten entwickelten, wurde Jacob klar, wenn er nicht untergehen wollte, musste er weg von dort, doch so deutlich ihm das trostlose Dasein, das ihn erwartete, vor Augen stand, er konnte nicht weg. Die Sehkraft seines Vaters ließ nach, körperlich baute er ab, und als er nicht mehr in der Lage war, sein Geschäft weiterzuführen, stand die Entscheidung an, entweder das Geschäft zu verkaufen und die Familie ins Elend zu stürzen oder das Geschäft am Laufen zu halten, und so verließ Jacob mit zweiundzwanzig Jahren die Abendschule, kündigte seinen Job in der Bücherei und übernahm den Laden in der Market Street. Wie man Baumgartner erzählt hatte, glaubte sein Vater, keine Wahl zu haben. Natürlich hatte er eine Wahl. Jeder hat eine Wahl, und Baumgartners Vater hatte nicht unbedingt die falsche Wahl getroffen, auch wenn er sich deswegen bis an sein Lebensende grämte, aber hätte er sich anders entschieden und das Weite gesucht, um Geschichtsprofessor, Anwalt oder ungebundener Unruhestifter zu werden, hätte ihn wahrscheinlich bis an sein Lebensende die unverzeihliche Sünde gequält, seine Familie in der größten Not im Stich gelassen zu haben, woraus man schließen kann, dass er nicht vor einer richtigen Wahl und einer falschen Wahl gestanden hatte, sondern vor zwei richtigen, die sich am Ende beide als falsch herausgestellt hatten. Sein Verantwortungsgefühl hatte über seine Wünsche für sich selbst gesiegt, und das machte seine Wahl aller Ehren und aller Anerkennung wert, aber wenn man das Gefühl bekommt, man habe sich für eine Familie aus lauter Irren, Gaunern und Herumtreibern aufgeopfert, wird die Entscheidung zwangsläufig zu einem Quell des Unmuts und fügt der Seele im Lauf der Jahre schweren Schaden zu.

Als Baumgartner die Szene betrat, war aus dem Herrenmodengeschäft an der Market Street der Kleiderladen an der Lyons Avenue geworden. Solomon und Ida lebten längst nicht mehr, die ungeratenen Zwillinge hatten sich nach Kalifornien abgesetzt, nachdem sie für einen Raubüberfall auf ein Juweliergeschäft in Weehawken ins Gefängnis gewandert waren, und Bella, die ältere der beiden älteren Schwestern, hatte ihren Buchmacher-Gatten abserviert und einen Gebrauchtwagenhändler aus Perth Amboy geheiratet, der später ebenfalls abserviert wurde, was am Ende dazu führte, dass Bella fortan als Buchhalterin und Geschäftsführerin im Kleiderladen ihres Bruders arbeitete, während Emma, die jüngere der beiden älteren Schwestern, zwei Töchter zur Welt brachte, von ihrem flatterhaften, arbeitslosen Mann sitzen gelassen wurde und mit Mitte dreißig an einer Lungenentzündung starb, worauf Bella die beiden verwaisten Mädchen in Obhut nahm und dank des Salärs, das sie von ihrem Bruder bezog, großziehen konnte. 1936, ein Jahr bevor er das Haus an der Lyons Avenue verpfändete, hatte Jacob mit der Idee gespielt, alles hinzuschmeißen und als Freiwilliger in die Abraham Lincoln Brigade einzutreten, um im Spanischen Bürgerkrieg gegen Franco und die Faschisten zu kämpfen, aber da er es aus Gewissensgründen ablehnte, Waffen zu tragen, egal in welchem Krieg, zog er die Sache nicht durch. Ein großer Fehler, wie er später seinem Sohn erklärte, als er einmal an einem kalten Winterabend nach einem Drink zu viel aus der Deckung kam – Baumgartner hatte zu der Zeit gerade mit der Highschool angefangen –, ein großer Fehler, weil er da bereits einunddreißig gewesen war und danach keine Chance mehr bekommen hatte, sich *loszumachen*. Mitte April 1939 begann die zwanzig Jahre alte Ruth Auster als Näherin bei Trocadero Fashions, und vier Jahre später, mitten im Zweiten Weltkrieg, feierten Baumgartners Eltern Hochzeit.

Der Mann, der über den Haushalt an der Lyons Avenue herrschte, war ein menschliches Rätsel von so entmutigender Unergründlichkeit, dass Baumgartner seine ganze Kindheit hindurch nicht von der Frage loskam, wer sein Vater eigentlich war und wer er selbst im Verhältnis zu seinem Vater war. Er hatte diesen Vater gefürchtet und verehrt, manchmal beinahe geliebt, aber er wurde aus dem Mann einfach nicht schlau: ein antikapitalistischer Kapitalist, der fast vierzig Jahre lang einen kleinen Familienbetrieb führte, um seine Familie durchzubringen, ein einfacher Mann des Volkes und Streiter für die ausgebeuteten Massen, der die Leute, die für ihn arbeiteten, aufs Übelste beschimpfte und abkanzelte, ein reueloser Atheist, der seinen Sohn zwang, das Ritual einer Bar-Mizwa über sich ergehen zu lassen, weil er selbst dazu gezwungen worden war und wollte, dass der Junge genauso litt wie er – aber Schluss jetzt mit diesem Quatsch, sagt sich Baumgartner, entscheidend war, dass sein Vater trotz all seiner großen Töne und Tiraden und gelegentlichen Grausamkeiten im Grunde ein unglücklicher Träumer war, ein Fantasie-Revolutionär, der bloß in seinem Zimmer hockte und sich nie mit irgendwelchen Gruppen gleichgesinnter Männer und Frauen zusammentat, der keinen Finger rührte, um auch nur an den kleinsten gemeinsamen Aktionen in Sachen Gerechtigkeit teilzunehmen, ein abgeschieden und zurückgezogen lebender Mann, der den Kampf allein in seinem Kopf auslebte und daher allezeit wusste, dass er seine Erwartungen an sich selbst, den Kampf für *das Gute* zu führen, nicht erfüllt hatte. Am Ende war alles nur Gefasel, und mit den Jahren wollte keiner aus seinem schrumpfenden Bekanntenkreis mehr mit ihm reden, außer seinem Kindheitsfreund Milton Freyberg, einem Geschichtslehrer und Exkommunisten, der 39 wegen des Hitler-Stalin-Pakts aus der Partei ausgetreten war und Anfang der Fünfziger im Zuge der Säuberungen McCarthys seinen Job verloren hatte, einem feisten, ausgebrannten Mann, der sich als Rechercheur für *Collier's Encyclopedia* durchs Leben schlug und sich wöchentlich in Moishes Restaurant mit dem ausgebrannten Nichtteilnehmer am Kampf gegen den Faschismus zum Essen traf, mit Baumgartners dünner Bohnenstange von einem Vater, dem polnisch-amerikanischen Quijote von der traurigen Gestalt und dem bücherbenebelten Hirn, dem

König der *Luftmenschen*, der seinen Kleiderladen an der Lyons Avenue führte, indem er Frau und Schwester die Arbeit tun ließ, während er selbst in der Wohnung über dem Laden zum siebten Mal Emma Goldmans Autobiografie verschlang. Trink aus, alter Freund, sagte Freyberg oft zu ihm, und nimm noch einen Schnaps, ich nehme auch noch einen. Und dann krempeln wir die Ärmel hoch und fechten zum siebenhundertvierzehnten Mal aus, ob einer von uns die Welt retten kann, bevor sie hier das Licht ausmachen und uns vor die Tür setzen.

Dennoch war da etwas an seinem Vater, etwas Wichtiges, das Baumgartner mit zehn oder elf Jahren zu spüren begann und dann, als er zwölf war und die achte Klasse überspringen durfte, mit Sicherheit wusste. Sein Vater war stolz auf ihn. Nicht dass der alte Herr das jemals aussprach, und nicht dass er Baumgartner nicht ständig ermahnte, sich bloß nichts darauf einzubilden, wenn der Junge ihm wieder einmal ein Zeugnis mit Bestnoten präsentierte, und ihn darauf hinwies, dass er aus Staub gemacht sei wie alle anderen und als Staub enden werde wie alle anderen, ganz gleich, was seine Noten sagten, aber dieses verdrießliche Gehabe ließ Baumgartner nicht daran zweifeln, dass sein Vater ihn genau im Auge behielt, dass Jacob der Spinner die eigenen Kindheitsqualen durch seinen Sohn noch einmal durchlebte und ihn insgeheim drängte, aus diesem miesen kleinen Nirgendwo auszubrechen und davonzufliegen, so weit von zu Hause davonzufliegen, wie seine schwachen Flügel ihn tragen konnten. Dann, im März 1964, erhielt das nichts ahnende Newarker Schmuddelkind aus dem fernen Ohio die Zusage für ein Stipendium, und als Baumgartner seinem

Vater den Brief zu lesen gab, sah er die Hand seines Vaters zittern – ganz leicht – und seine Augen feucht werden – ganz kurz –, und dann packte sein Vater die Lehne eines Küchenstuhls, zog ihn unter dem Tisch hervor, setzte sich, ließ lange und bebend die Luft aus seiner kaputten Lunge strömen und sagte: Hol die Flasche aus dem Schrank, Sy. Es ist Zeit für einen Schnaps. Baumgartner brachte die Flasche, sein Vater zündete sich die zigste Lucky dieses Tages an, und nachdem auch der Junge sich eine angezündet hatte, tranken sie jeder ein Glas Sliwowitz. Gesagt aber wurde nichts mehr, hatte der Brief doch schon alles gesagt, und so saßen sie da und tranken schweigend, erst ein Glas, dann ein zweites Glas und zuletzt ein drittes Glas. Das Schweigen war das Lob seines Vaters. Ein Mann, der beim geringsten Anlass drauflosredete wie ein Wasserfall, ein schäumender Schwadroneur, der einem stundenlang in den Ohren liegen konnte, belohnte seinen Sohn damit, dass er den Mund hielt und gar nichts sagte. Sechs Monate nach diesem Abend brach Baumgartner nach Ohio auf. Über Weihnachten kam er nach Newark zurück, im Januar ging er wieder nach Ohio und wollte eigentlich erst im Juni, am Ende des zweiten Semesters, wieder nach Hause kommen. Es war dann aber schon im Februar, am neunten Februar, um genau zu sein, zwei Tage nach dem sechzigsten Geburtstag seines Vaters und einen Tag nach seinem Tod.

Der Tod ging Baumgartner nahe, brachte ihn aber nicht aus der Fassung. Er wünschte, er hätte mehr empfinden können, aber die Wahrheit war, er konnte es nicht, und während dieser ganzen seltsamen, beunruhigenden Woche in Newark – der Laden geschlossen, Tante Bella, die sich in der Küche volllaufen ließ und ihren toten kleinen Bruder verfluchte, und die dreizehnjährige Naomi, die sich schluchzend in ihrem Zimmer versteckte oder die *fette fischgesichtige* Tante Bella anschrie, sie solle endlich still sein – machte Baumgartner sich weniger Sorgen um sich selbst oder diese beiden Bekloppten als vielmehr um seine Mutter, die einzige Zurechnungsfähige in einem ansonsten völlig verrückt gewordenen Haushalt, Baumgartners unerschütterliche Trösterin und Beschützerin auf seinem langen Marsch durch die Kindheit, eine Frau, die unter viel ungünstigeren Umständen aufgewachsen war als sein Vater, vorbereitet auf ein Leben, von dem nichts zu erhoffen war, im Gegensatz zu den großen Hoffnungen, die sein Vater für sich selbst gehegt hatte und denen er nicht hatte entsprechen können, eine junge Frau, die geheiratet hatte, als sie kaum erst anfing herauszufinden, wer sie war und warum man sie auf diese Erde gesetzt hatte, wohingegen ihr um vierzehn Jahre älterer Ehemann nur noch über sich herauszufinden brauchte, wo er mit ihr, seiner jungen Braut, und den zwei Kindern stand, die sie schließlich zuwege brachten.

Als Kind hatte Baumgartner manches von der Familie seines Vaters gewusst, viel weniger von der seiner Mutter, der undurchsichtigen Auster-Seite, auf der es keine Tanten, Onkel, Cousins oder Cousinen gab, keinen einzigen lebenden Verwandten und daher niemand, der ihm die Geschichte dieser Familie erzählen konnte – außer seiner Mutter, die aber selbst kaum etwas wusste. Sie hatte ihm lediglich einmal erzählt, dass ihr Vater Harry hieß und aus einer galizischen Kleinstadt im östlichsten Zipfel Österreich-Ungarns nach Amerika ausgewandert und dort in Brooklyn gelandet war, wo er eine Frau heiratete, deren Namen Baumgartners Mutter nie erfahren oder aber vergessen hatte, drei oder vier Söhne mit ihr zeugte, deren Namen ebenfalls unbekannt oder vergessen waren, und dass irgendwann während des Ersten Weltkriegs, sehr wahrscheinlich 1915 oder 1916, die Frau, mit der er seit sieben oder zehn oder zwölf Jahren verheiratet war, die Scheidung einreichte, sich mit einer pauschalen Abfindung zufriedengab, die sein Bankkonto leer räumte und mit den Jungen nach Chicago, Cleveland oder Cincinnati ging, jedenfalls in irgendeine Stadt im Mittleren Westen, die mit C anfing, wo sich ihre Spur verlor. Harry zog nach Manhattan, lieh sich etwas Geld zusammen und stieg in ein Bauunternehmen ein, das so gut lief, dass er das Darlehen innerhalb eines Jahres zurückzahlen konnte, und heiratete Anfang 1918 eine Frau namens Millie Koplan. Dreizehn Monate nach der Hochzeit, am 7. März 1919, brachte Harrys zweite Frau Baumgartners Mutter zur Welt, Ruth, und nur achtzehn Monate später stürzte Pechvogel Harry Auster von einem Gerüst an der Fassade eines zehnstöckigen Gebäudes am Washington Square und starb, als er auf dem Bürgersteig aufschlug. An ihren Vater konnte sich Baumgartners Mutter folglich gar nicht erinnern, an ihre Mutter nur ganz verschwommen, da Millie aus ihrem Leben verschwunden war, als Ruth noch keine drei Jahre alt gewesen war.

Um seine Gefühle zu schonen, hatte Baumgartners Mutter ihm als Kind nie erklärt, was sie mit dem Wort *verschwunden* meinte. Damals war er zu ungeschickt, sie um eine genauere Erklärung zu bitten, nahm aber an, es handle sich um ein anderes Wort für *tot*, eine dieser vornehmen Umschreibungen wie *gegangen* oder *heimgegangen* oder *ent-*

schlafen, die es einem erlaubten, über den Tod zu reden, ohne das Wort auszusprechen. Baumgartner war alt genug und wusste, dass jeder Mensch sterben muss und dass auch er eines Tages sterben würde, aber er war auch noch jung genug, sich einzubilden, dass der Tod nur die Alten ereilt, in der Regel die sehr, sehr Alten, und das Verwirrende am Tod seiner Großmutter war, dass sie nicht alt gewesen war, schließlich hatte seine Mutter gesagt, sie sei neunzehn gewesen, als sie seinen Großvater geheiratet hatte, und zwanzig, als sie ihre Tochter geboren hatte, und wenn sie vor dem dritten Geburtstag ihrer Mutter verschwunden war, musste sie also mit zweiundzwanzig oder dreiundzwanzig gestorben sein, und das war noch sehr weit entfernt von den üblichen sechzig oder siebzig oder achtzig und wies darauf hin, dass ihr etwas Schreckliches zugestoßen sein musste, irgendein schlimmer Unfall, von einem Bus überfahren oder von einem Gerüst gestürzt oder bei einem Banküberfall in einen Schusswechsel geraten – eines Morgens auf dem Weg zum Metzger, und *peng*, war sie tot, von einer achtunddreißiger Kugel mitten ins Herz getroffen.

Erst als er vierzehn war, rückte seine Mutter mit der Sprache raus und erzählte ihm die Geschichte. Ja, sagte sie, ihre Mutter sei wirklich verschwunden, aber entgegen seiner Annahme sei sie nicht gestorben, sie habe einfach nur wieder geheiratet, diesmal einen viel älteren und reicheren Mann als den armen Harry, einen dreiundfünfzigjährigen Witwer, der drei erwachsene Kinder aus seiner ersten Ehe hatte und nicht daran interessiert war, ein viertes großzuziehen, weshalb Millie und ihr neuer Ehemann zu einem Rechtsanwalt gingen, einen Vertrag aufsetzten und die Vormundschaft über die kleine Ruth auf Harrys jüngeren Bruder Joseph übertragen ließen, einen quasi analphabetischen Junggesellen, der als Schlosser in einem Newarker Metallwerk arbeitete. Der Vertrag sicherte Joseph eine Barzahlung von fünf- oder zehntausend Dollar zu, die ihm helfen sollten, sich um seine Nichte zu kümmern (den genauen Betrag hatte Baumgartners Mutter nie erfahren), und wenig später verließen Millie und ihr neuer Mann New York und zogen in eine Tausende Meilen entfernte Stadt, wo der Mann eine neue Filiale des Geschäfts oder Unternehmens gründete, dessen Eigentümer oder Leiter er war. Entweder London oder Los Angeles, jedenfalls eine Stadt, deren Name mit L anfing, an mehr konnte sie sich nicht erinnern, da Onkel Joseph nie mit ihr über ihre Mutter gesprochen hatte, die Mitte 1922 buchstäblich *verschwunden* war und ihre Tochter nie mehr wiedersah.

Der vierzehn Jahre alte Baumgartner reagierte entsetzt, als er das hörte, entsetzt und entrüstet über das Ausmaß von Millies Gefühllosigkeit, einer Mutter, die ihre kleine Tochter wegschnippte wie ein Bonbonpapier oder ein Fädchen, das ihr Satinkleid verunstaltete. Ein Schnipp – und weg damit. Er fand das kriminell, ein Verbrechen gegen die Menschlichkeit, und so wie Eichmann im Jahr zuvor für seine Verbrechen während des Kriegs verurteilt worden war, hätte auch seine abscheuliche Großmutter für die ihren den Tod am Strang verdient. Er konnte diese Gedanken aber nicht aussprechen, denn in seinem Kopf ging alles durcheinander, er fand keine Worte für den Horror, der in ihm anschwoll. Was er schließlich über die Lippen brachte, war ein einziger Satz: Sie hat dich verraten und verkauft. Und dann, nach zwei oder drei Sekunden Pause: Wie du sie hassen musst.

Nein, sagte seine Mutter, sie empfinde keinen Hass, nur Mitleid mit ihr, und bevor er sie verurteile und seinem Hass freien Lauf lasse, solle er sich einmal in ihre Lage versetzen. Eine junge Frau, die nichts besitzt als ihre Schönheit und ihre anziehende Wirkung auf Männer, verliert mit Anfang zwanzig ihren Ehemann und bleibt allein mit einem Haufen unbezahlter Rechnungen und einer kleinen Tochter zurück, ohne Familie, an die sie sich um Hilfe wenden könnte. Was hat sie für Möglichkeiten? Sie muss Arbeit finden, aber wenn sie arbeiten geht, wer kümmert sich dann um die Tochter? Sie wird sie ins Waisenhaus geben müssen, oder sie arbeitet nicht und lässt sich und sie verhungern, oder sie geht auf den Strich und verkauft ihren Körper, um Leib und Seele zusammenzuhalten, selbst wenn sie dabei ihre Seele verliert. Dann verliebt sich ein reicher Mann in sie, verliebt sich so sehr, dass er sie nicht etwa in eine Wohnung steckt und dort als seine Geliebte hält, sondern dass er sie heiraten will. Sie erblickt darin die einzige Chance, die sie jemals haben wird – eine Freifahrt aus der Hölle, der Weg in ein neues und besseres Leben –, und wenn sie, um dieses Leben zu bekommen, auf ihre Tochter verzichten muss, dann wird sie es tun, nicht weil sie es tun will, sondern weil sie glaubt, keine andere Wahl zu haben. Reich oder nicht, sagte Baumgartners Mutter, dieser zweite Ehemann muss ein Schuft gewesen sein – wenn er die Frau, die er angeblich liebt, zu einer solchen Entscheidung über ihr Kind gezwungen hat. Wenn irgendjemand in dieser Geschichte zu hassen ist, dann ist er es, den du hassen solltest, Sy. Natürlich war es schrecklich, was sie mir angetan hat, egoistisch und empörend, aber immerhin kann ich verstehen, warum sie es getan hat, und nachdem ich so viele Jahre lang darüber nachgedacht habe, finde ich, vielleicht war es besser so, denn wenn sie tatsächlich so eine Mutter war, kann ich von Glück sagen, dass ich nicht bei ihr aufwachsen musste. Stattdessen hatte ich Onkel Joseph, den freundlichsten, sanftmütigsten Mann auf Erden, wie ich dir schon hundertmal erzählt habe, und so hat sich letztlich alles als gut erwiesen. Ich hatte eine wunderbare Kindheit, eine unbeschwerte und glückliche Kindheit, und meine Mutter spielte darin keine Rolle. Sie war wie eine Schauspielerin, die in einem Film nur einen einzigen Auftritt hat, und dann wird die Szene rausgeschnitten, weil alle sie misslungen finden. Wie nennt man das noch mal? Du weißt schon, wenn jemand in einem Film mitspielt und dann doch nicht mitspielt, wenn man ihn sich im Kino ansieht.

Sie starb im Schneideraum.

Richtig. Sie starb im Schneideraum.

Baumgartner zweifelte nicht daran, dass seine Mutter bei ihrem Onkel glücklich gewesen und in seiner Obhut aufgeblüht war, sonst wäre sie nie zu einer so starken und ausgeglichenen Frau geworden. Vielleicht übertrieb sie ein wenig, wenn sie ihre Geschichten von Onkel Joseph erzählte, und vielleicht sah sie wie durch einen Schleier mythischen Staunens ihr jüngeres Ich als das verlassene Kind in einem viktorianischen Melodram, das durch die Güte eines einfachen, frommen Mannes gerettet wird, aber das alles spielt jetzt keine Rolle, denn in welchem realen oder imaginären Paradies auch immer sie seit ihrem dritten Lebensjahr lebte, es fand sein Ende zwischen ihrem sechzehnten und siebzehnten Geburtstag, als Joseph im Alter von vierundfünfzig Jahren mitten während einer Doppelschicht in der

Metallfabrik von einem kolossalen Herzinfarkt niederge-
streckt wurde. Es war der mit Abstand größte Verlust ihres
Lebens, unermesslich größer als der Tod ihres Vaters oder
das Verschwinden ihrer Mutter, denn von nun an war sie
unwiderruflich auf sich allein gestellt, ein Mädchen, das
zwar Freunde hatte, aber keine Verwandten, keinen älteren
Menschen, an den sie sich um Rat wenden konnte. Und das
Schlimmste, sie hatte keinen Onkel Joseph mehr, aber selbst
im Tod hielt er noch seine Hand über sie und machte ihr den
Übergang in ein Leben ohne ihn so schmerzlos wie möglich.
Viele Jahre lang war er überzeugtes, beitragszahlendes Mitglied im *Workmen's Circle* gewesen, dem alten Arbeiter-Ring,
einem Verein zur gegenseitigen Hilfe, den Jiddisch spre-
chende Einwanderer gerade zu der Zeit gegründet hatten,
als er als junger Mann nach Amerika gekommen war, und
weil aus den Beiträgen auch Bestattungen und preisgünstige
Lebensversicherungen finanziert wurden, brauchte Baumgartners Mutter nicht nur nicht für die Kosten von Josephs
Beerdigung aufzukommen, sondern erhielt obendrein einen
Scheck über sechstausend Dollar aus der Lebensversicherung – zwei Wunder in einer schwarzen und hoffnungslosen
Welt, gewirkt von dem großartigen, generösen Arbeiter-
Ring, der auch die Fortbildungskurse in Schauspiel, Musik
und Handarbeiten anbot, die sie als Mädchen besucht hatte,
und den Kinder-Ring finanzierte, das Sommerferienlager
am Sylvan Lake in Hopewell Junction, in das Onkel Joseph
sie viermal für jeweils drei Wochen geschickt hatte, als sie
neun, zehn, elf und zwölf gewesen war, die wunderbarsten
Sommer ihres Lebens, wie sie Baumgartner immer und
immer wieder erzählt hatte.

Noch heute versetzt es ihm einen Stich, wenn er an die erdrückende, unerträgliche Einsamkeit denkt, die in diesen elenden Monaten des Jahres 1935 über sie hereingebrochen sein muss. Gerade einmal sechzehn Jahre alt, ein gewöhnliches Highschool-Mädchen, am Anfang ihres Wegs ins Leben, noch ohne jede konkrete Vorstellung, wohin es in Zukunft mit ihr gehen wird, und dann, von einem Tag auf den anderen, ist sie auf sich allein gestellt und ganz für sich selbst verantwortlich, ein unvorbereiteter Teenager, plötzlich gezwungen, erwachsen zu werden. Sie blieb in der Wohnung an der Shephard Avenue, lebte weiter inmitten von Onkel Josephs Sachen, doch alles andere an ihrem Leben war am Ende des Jahres anders geworden. Auf der Highschool waren Mathematik, Physik, Musik, Kunst und Hauswirtschaft ihre besten Fächer, gar nicht gut war sie in Englisch, Geschichte und Französisch, nicht weil sie nicht gescheit war, sondern weil ihr das Lesen Mühe machte und sie zu langsam las, um mit dem Unterricht Schritt halten zu können. Wie Baumgartner später herausfand, litt sie seit der Kindheit an Legasthenie, aber kein Lehrer erkannte das Problem oder kam auf die Idee, ihr zu helfen, und so fiel sie zurück und begann, sich für *dumm* zu halten, und dieses Wort dröhnte in ihrem Kopf, wenn sie morgens zur Schule ging und mit vor Scham gebeugten Schultern durch die Korridore schlurfte, und die hübsche, ausgelassene Ruth Auster verwandelte sich in das schüchterne und unsichere Mädchen, aus dem niemand mehr so recht schlau wurde. Drei Monate nach Onkel Josephs Tod verließ sie die Schule, jedoch nicht ohne zuvor ein langes Gespräch mit Mrs. Mancuso zu führen, ihrer Handarbeitslehrerin, die sie einmal vor der Klasse als die begabteste Schülerin gepriesen hatte, die sie jemals gehabt habe. Die korpulente, mütterliche Mrs. M. hielt während der gesamten Unterhaltung Ruths Hände in den ihren. Wenn sie professionelle Näherin werden wolle, sagte sie, könne sie sich für einen einjährigen Intensivkurs an der Handelsschule anmelden oder gleich irgendwo als Lehrling einsteigen. Baumgartners Mutter sagte, sie würde das mit der Schule lieber lassen und sofort zu arbeiten anfangen, das Problem sei nur das Wo. Mrs. Mancuso antwortete lächelnd: Ich glaube nicht, dass das ein Problem sein wird, Liebes.

Nach den zwei Wundern des Arbeiter-Rings war Mrs. Mancuso das dritte Wunder, und das vierte war ihre Schwester, Rosalie McFadden, die legendäre Schneiderin mit ihrem Geschäft Madame Rosalie's an der Academy Street im Newark, was für Baumgartner nur zum zehntrillionsten Mal in der Menschheitsgeschichte bewies, dass wir alle aufeinander angewiesen sind und dass niemand, auch nicht der Isolierteste unter uns, ohne die Hilfe von anderen überleben kann. Man denke an Robinson Crusoe, der zugrunde gegangen wäre, wenn Freitag ihn nicht gerettet hätte.

Drei Jahre später wurde Ruth dank eines nachdrücklichen Telefonats ihrer Chefin mit einem Mann namens Baumgartner als Chefnäherin bei Trocadero Fashions eingestellt. Nicht dass sie die Stelle wechseln wollte, aber die alternde Madame Rosalie machte ihren Laden dicht und zog mit ihrem Mann nach Florida. Wie Baumgartners Mutter gern bemerkte, hatte sie sich in diesem Geschäft vom kleinen Lehrling zum vertrauenswerten Schützling emporgearbeitet und so *ihren Schwung wiedergefunden*, und dann war es damit vorbei und Zeit für etwas Neues. Der neue Job war in mancher Hinsicht ein großer Schritt zurück nach Madame Rosalies elegantem Luxusladen, wo reiche Kundinnen aus den Vorstädten ein und aus gingen, von denen viele es sich leisten konnten, die preiswerte Konfektionsware links liegen zu lassen und direkt ins Hinterzimmer zu gehen, wo Madame Rosalie maßgeschneiderte Kostüme für sie selbst und atemberaubende Hochzeitskleider für ihre Töchter entwarf, die dann von ihren sechs Näherinnen im Hinter-Hinterzimmer angefertigt wurden, wo sich die junge Ruthie langsam, aber sicher zu einer Meisterin ihres Fachs entwickelte. Bei Trocadero gab es keine Kleider mehr nach Maß zu schneidern, aber ein besserer Job war zu der Zeit kaum zu haben. Die Bezahlung war anständig, und der Laden lag nahe genug an ihrer Wohnung, dass sie zu Fuß zur Arbeit gehen konnte, was bedeutete, dass sie nicht mehr jeden Morgen und Abend in überfüllten Bussen stehen und ihren Lohn vom Fahrgeld schmälern lassen musste. Lange würde sie dort allerdings nicht bleiben, glaubte sie, höchstens ein oder zwei Jahre, dann wollte sie nach Kalifornien gehen und Kostümbildnerin in einem Hollywood-Studio werden. Stell dir vor, sagte sie zu dem jungen Baumgartner: Ich hätte Kostüme für einen dieser großen Ausstattungsfilme über die Kriege Napoleons machen können oder das hautenge schimmernde Kleid, das Carole Lombard in der Szene trägt, wo sie mit William Powell in diesen verräucherten New Yorker Nachtclub geht. Wäre das nicht *einfach fabelhaft* gewesen? Ja, bestätigte Baumgartner, *einfach fabelhaft*, aber jedes Mal, wenn er fragen wollte, warum sie es denn nicht getan habe, wurde ihm klar, dass er dann nie geboren worden wäre, und statt also noch ein Wort mehr zu sagen, saß er nur da und lächelte sie an.

Als die beiden in dieser unheimlichen Woche nach dem Tod seines Vaters jeden Abend lange in der Küche an der Lyons Avenue beieinandersaßen, drängte Baumgartner seine Mutter, den Laden zu verkaufen, das Haus zu verkaufen und woanders hinzuziehen. Zusammen mit dem Geld von der Lebensversicherung hätte sie genug, überall hinzugehen, wo sie wollte. Sie war erst sechsundvierzig, noch jung, noch voller Leben, noch standen ihr hundert mögliche Zukünfte offen. Newark sei auf dem absteigenden Ast, sagte er, mit der Stadt werde es bald zu Ende gehen, und wenn sie jetzt den Stier bei den Hörnern packte und handelte, wäre sie weg, bevor es zum Schlimmsten käme.

Ich sage nicht, dass du unrecht hast, Sy, aber wo soll ich hin? Naomi geht noch zur Schule, und sie muss doch für mich an erster Stelle stehen.

Du brauchst ja nicht weit wegzugehen. Nur über die Stadtgrenze nach Maplewood, oder nach South oder West Orange oder Montclair. Überall dort gibt es gute Schulen, und überall dort wäre die arme Naomi viel besser dran als hier. Da gibt es keinen Konflikt. Wenn du dir zuliebe gehst, gehst du auch ihr zuliebe. Und du kommst endlich aus dieser schäbigen Wohnung raus.

Wenn ich den Laden zumache, was wird dann aus Bella? Und aus Cookie Castellanos? Und aus Mary Bolton, dem schwarzen Mädchen, das wir voriges Jahr eingestellt haben? Es ist ihr erster Job, und sie macht sich so gut, wie kann ich sie einfach auf die Straße setzen?

Bella hat schon Sozialversicherung, und Medicare wird sie auch bald bekommen, das Gesetz soll noch dieses Jahr verabschiedet werden, und bis dahin können ihre erwachsenen Nichten, Dingsda und Dingsbums, ihr zur Seite stehen. Und Cookie und Mary: Falls jemand den Laden übernehmen will, schreib in den Kaufvertrag, dass er die beiden weiterbeschäftigen muss. Und wenn der Käufer des Gebäudes den Laden schließen will, wird dir nichts anderes übrig bleiben, als ihnen eine dicke Abfindung zu zahlen – mindestens sechs Monatslöhne – und ihnen viel Glück zu wünschen. Die beiden sind jung und werden bald wieder auf die Beine kommen.

Bei dir hört sich das so einfach an.

Weil es so einfach ist.

Und was wird aus mir? Was soll ich da draußen in der Vorstadt machen, allein in einem großen Haus? Warten, dass Naomi aus der Schule kommt? Die Teppiche saugen? Patiencen legen? Zu trinken anfangen und Säuferin werden? Ich habe immer gearbeitet, Sy, ich arbeite, seit ich sechzehn, siebzehn bin, und dieser Laden ist mein ganzes Leben. Ich weiß, du hältst nicht viel davon, und ich weiß, dein Vater hat den Laden eigentlich immer gehasst, aber selbst wenn Trocadero Fashions bloß ein Allerweltsgeschäft für altmodische Frauen ist, gibt es diese Frauen doch, und sie sollen sich in ihren Kleidern wohlfühlen dürfen. All diese Jahre habe ich diese Allerweltskleider angenommen und umgeändert, damit sie richtig fallen und so geschnitten sind, dass diese Frauen attraktiv darin aussehen, und wer sich attraktiv fühlt, ist mit sich zufrieden, und dafür zu sorgen, dass diese stämmigen Frauen mit sich zufrieden sind, ist ein Dienst am Menschen, nicht wahr, für mich ist das eine Mizwa, ich bin stolz auf das, was ich hier geleistet habe, Sy, und habe nicht das Gefühl, ich hätte mein Talent an etwas verschwendet, das der Mühe nicht wert ist, denn jeder Mensch ist der Mühe wert, egal wer dieser Mensch ist.

Das weiß ich, Ma. Ich finde nur, es ist Zeit, das Handtuch zu werfen. Der Laden ist das eine, aber denk auch an Newark, das wird ein Problem, irgendwann werden alle diese Frauen, denen du geholfen hast, plötzlich woanders hinziehen, und was wird dann aus dir und dem Geschäft und Naomi und allem anderen, was dir so am Herzen liegt? Geh weg von hier, ich flehe dich an, verkauf das alles und geh weg, und wenn du irgendwo was Neues gefunden hast, fang wieder zu arbeiten an und arbeite, so lange wie du willst. Weißt du noch, dein alter Traum von einem Job in Hollywood? Tja, die Studios dort sind jetzt alle tot, aber wenn du Kostüme entwerfen willst, an den New Yorker Theatern tut sich gerade eine Menge, nicht nur am Broadway, auch Off-Broadway und Off-Off-Broadway und Off-Off-Off-Broadway, und ich bin mir sicher, du könntest bei irgendwem in der Stadt einsteigen und gleich damit anfangen, oder falls Theater dir zurzeit eine Nummer zu groß ist, denk an Madame Rosalie und ihre Kundinnen aus den Vorstädten, die ich eben aufgezählt habe und von denen es noch mindestens siebenundzwanzig weitere gibt, denk an die vielen Leute dort, die Geld haben, und wenn du bei denen in der Nähe einen Laden aufmachen würdest, ich sage dir, die rennen dir die Bude ein, da kannst du Gift drauf nehmen, du wirst dich vor Arbeit nicht mehr retten können.

Baumgartners Mutter musste lachen. Zum ersten Mal seit der Beerdigung seines Vaters konnte sie wieder lachen, und dann sagte sie: Erinnerst du dich an das Hochzeitskleid, das ich vor ein paar Jahren machen sollte?

Wie könnte ich das vergessen? Ich glaube, so sehr gelacht habe ich in meinem ganzen Leben nicht.

Tut mir leid, dass ich dir das angetan habe, Sy, aber ich hatte ja niemand anderen. Cookie war zu klein, und das Mädchen, das ich vor Mary hatte, war zu dick. Und das Kleid musste doch rechtzeitig zur letzten Anprobe mit der Braut fertig sein. Wie alt warst du da?

Vierzehn.

Vierzehn, du fingst gerade an, in die Höhe zu schießen, einen Meter dreiundsechzig warst du da, oder einen Meter fünfundsechzig, genauso groß wie die Braut, und auch genauso dünn, du hattest praktisch dieselbe Figur wie sie, bis auf den Busen natürlich, und da habe ich dich gefragt, ob du das Kleid mal anziehen willst, damit ich noch einige letzte Änderungen vornehmen kann. Erst hast du Nein gesagt, aber als ich dich dann noch einmal gefragt habe, hast du gesagt: Na gut, wenn es dir denn wirklich so wichtig ist. Und das Schöne daran war, dass du nicht böse auf mich warst. Du hast das Kleid angezogen, und zwei Sekunden später hast du dich gekringelt vor Lachen.

Ich musste an diesen lustigen Film denken, den wir gesehen haben, als ich elf oder zwölf war, *Manche mögen's heiß*, mit Jack Lemmon und Tony Curtis in Frauenkleidern und sexy Marilyn Monroe, die förmlich aus einem Kleid herausquoll, in dem sie halb nackt aussah, und ich jetzt in Susan Schwartzmans Hochzeitskleid konnte nur noch lachen, weil mir das so peinlich war, und gerade als wir fertig wurden, kam Du-weißt-schon-wer herein.

Er muss dich lachen gehört haben, also kam er die Treppe runter, um nach dem Rechten zu sehen.

Und sagte: Gottverdammt, Ruth, was zum Teufel machst du mit dem Jungen?

Und um mir zu helfen, hast du gesagt: Schon gut, Dad, wir führen in der Schule *Manche mögen's heiß* auf, und ich möchte was fürs Vorsprechen morgen ausprobieren. Was meinst du, wen soll ich spielen, Jack Lemmon oder Tony Curtis?

Und zum fünften oder sechsten Mal in all den Jahren, die ich ihn gekannt habe, musste der alte Herr lachen.

Und als er aufhörte, sah er uns an und sagte: Tja, niemand ist vollkommen.

Und ging dann ruhig wieder nach oben.

Zum dritten oder vierten Mal an diesem Nachmittag unterbricht sich Baumgartner mitten in Gedanken und schaut nach oben. Eine fette Wolke hat sich vor die Sonne gewälzt und den Himmel verdunkelt, plötzlich herrscht eine ganz andere Atmosphäre, und während Baumgartner sich im Garten umsieht, um wieder Kontakt zu seiner Umgebung herzustellen oder um zu verdauen, woran er die ganze Zeit gedacht hat, er weiß selbst nicht genau, was von beiden, stellt er fest, der Stuhl ist unbequem, sein Rücken schmerzt, seine Beine sind steif geworden, also steht er auf, reckt die Arme, schüttelt ein Bein nach dem anderen aus und bückt sich, um seine Zehen zu berühren, was ihm schon seit einigen Jahren nicht mehr gelingt, aber auch wenn er mit den Fingerspitzen nur noch bis knapp unters Knie kommt, ist schon der Versuch, nachdem er so lange reglos auf dem Stuhl gesessen hat, eine Wohltat, und so richtet er sich auf und bückt sich wieder, und dann tut er es noch ein letztes Mal. Unterdessen ist die Wolke weitergezogen, die Sonne ist nicht mehr bedeckt, aber das Licht hat sich ein wenig verändert, und diese kleine, kaum bemerkbare Veränderung hat dem Licht eine sattere, schärfer umrissene Textur verliehen, und während Baumgartner auf der Suche nach einem bequemeren Stuhl, falls es denn einen gibt, im Garten herumgeht, stellt er fest, dass der Nachmittag schneller vorangeschritten ist, als er gedacht hat, bald wird die Sonne in immer spitzere Winkel absinken, und die von ihr beschienene Welt wird in die gespenstische Schönheit glühender, atmender Dinge getaucht, die mit der Dämmerung allmählich verschwimmen und in Dunkelheit verschwinden werden. Baumgartner probiert einen anderen Stuhl aus, der sich als noch unbequemer erweist als der erste. Er testet noch einen, verwirft auch den, geht zum ersten Stuhl zurück, findet ihn weniger unbequem, als er gedacht hatte, lässt sich darauf nieder, atmet langsam und methodisch ein und aus und fragt sich, wohin sein Geist ihn als Nächstes führen wird.

Seine Gedanken springen zu einem Bild von Annas Gesicht, Annas tränenüberströmtem Gesicht, als sie im Haus seiner Mutter ins Wohnzimmer kommt und ihm mitteilt, dass seine Mutter eben gestorben ist. Baumgartner war, nachdem er vierundzwanzig Stunden lang an ihrem Krankenbett gesessen hatte, ins Wohnzimmer gegangen, um sich auf dem Sofa kurz schlafen zu legen, während Anna, die vorher ein wenig geschlafen hatte, bei seiner Mutter geblieben war, und so war sie es, die sie hatte sterben sehen. Bauchspeicheldrüsenkrebs. Sechs grausame Monate, in denen ihr schmächtiger Körper beängstigend zusammenschrumpfte, und jetzt, mit zweiundsechzig, war sie tot.

Vor ihrer Krebserkrankung war sie in ein neues Leben aufgebrochen, hatte den Laden an der Lyons Avenue verkauft, 1966 war das, achtzehn Monate nach dem Tod seines Vaters und ein Jahr bevor seine Prophezeiung über Newark eintraf – furchtbarer und brutaler, als er selbst je erwartet hätte. Aber da wohnte seine Mutter schon in Montclair, in einem kleinen zweigeschossigen Haus zusammen mit Naomi, der eigensinnigen, charakterschwachen, oft unglücklichen Naomi, die in den letzten zwei Highschool-Jahren immerhin ein wenig zur Ruhe kam, und irgendwann um diese Zeit, 1969, nimmt er an, wurde Madame Ruth's eröffnet, ein Geschäft, das auf üppige Hochzeitskleider für die Töchter wohlhabender Eltern spezialisiert war, aber auch andere Bekleidung für Männer und Frauen anfertigte, und erfreulicherweise arbeiteten auch Cookie und Mary wieder für sie und blieben sogar dann noch, als sie geheiratet und Kinder bekommen hatten, und so waren Cookie und Mary in den letzten Lebenswochen seiner Mutter oft bei ihnen im Haus, Naomi natürlich auch, die mittlerweile ebenfalls geheiratet und schon eine einjährige Tochter hatte. Seine Mutter starb zu jung, viel zu früh, um eine alte Frau werden zu können, hatte aber genug gelebt, um Anna jahrelang zu erleben und Anna jahrelang zu lieben, und lange genug, um auch ihre kleine Enkeltochter Barbara zu erleben und zu lieben. Während all dieser Zeit gab es keine Männer, nicht eine einzige Verabredung, soweit Baumgartner wusste, zu schweigen von irgendwelchen Plänen, noch einmal zu heiraten. In den 1970ern schien sie einige Jahre lang mit einer älteren Frau namens Maggie Waldman gut befreundet gewesen zu sein, aber was genau das für eine Freundschaft war, blieb Baumgartner ein Rätsel. Um ihretwillen konnte er nur hoffen, dass die beiden ineinander verliebt waren, doch

Maggie Waldman starb drei Jahre vor seiner Mutter, und er wird nie erfahren, was sich zwischen ihnen abspielte oder nicht.

Seine Gedanken wandern vom Ende des Lebens seiner Mutter zum Anfang ihres Lebens und dann noch weiter zurück in die Jahre und Jahrhunderte davor, und plötzlich erinnert er sich an seine Reise in die Ukraine vor zwei Jahren und an den Tag, den er in der Geburtsstadt ihres Vaters verbracht hat. Von den Organisatoren der Jahrestagung von PEN International, die diesmal in Lwiw stattfinden sollte, zur Teilnahme an einigen öffentlichen Veranstaltungen eingeladen, wollte er nicht nur bei den Podiumsdiskussionen mitmachen und PEN-Vertreter aus aller Welt kennenlernen, sondern die Gelegenheit auch nutzen, sich einen Nachmittag freizunehmen und die Heimatstadt seines Großvaters zu besuchen, die nur zwei Stunden entfernt im Süden lag. Dieser Besuch bescherte ihm einige außerordentliche Erlebnisse, über die er seit seiner Rückkehr immer wieder schreiben wollte, wozu er jedoch nie kam, weil er so sehr mit seinem Buch beschäftigt war, aber jetzt, mit all den Erinnerungen an seine Mutter im Kopf, steht er entschlossen auf, geht ins Haus und zurück in das Arbeitszimmer im ersten Stock, das er vor anderthalb Stunden verlassen hat. Er schiebt die Entwürfe, Korrekturen und Notizen zu *Rätsel des Steuers* beiseite, setzt die Arbeit an seinem Buch einstweilen aus und beginnt den Bericht von seiner Reise nach Iwano-Frankiwsk am 21. September 2017. Er arbeitet stundenlang und hört erst auf, als sein Magen ihn nach unten zum Essen ruft, macht am nächsten Tag weiter und arbeitet wieder bis zum Abendessen. Er denkt, er ist fertig, aber zur Sicherheit macht er sich am nächsten Morgen noch einmal darüber her, beseitigt drei Stunden lang Tippfehler und andere Patzer, verbessert den Rhythmus der Prosa und verleiht seinem kurzen, verblüffenden Text den letzten Schliff.

Die Wölfe von Stanislaw

Muss ein Ereignis wahr sein, um als wahr akzeptiert zu werden, oder macht schon der Glaube an die Wahrheit ein Ereignis wahr, selbst wenn das angeblich Geschehene gar nicht geschehen ist? Und was, wenn man trotz aller Anstrengungen, herauszufinden, ob das Ereignis stattgefunden hat oder nicht, in einer Sackgasse landet und sich nicht sicher sein kann, ob die Geschichte, die einem jemand auf der Terrasse eines Cafés in der west-ukrainischen Stadt Iwano-Frankiwsk erzählt hat, auf einem wenig bekannten, aber nachweisbaren histori-schen Ereignis beruht oder ob es sich um eine Legende, eine Prahlerei oder ein bodenloses Gerücht handelt, das von irgendeinem Vater auf seinen Sohn gekommen ist? Genauer: Wenn die Geschichte sich als so verblüf-fend und so stark erweist, dass man nur noch staunen kann und das Gefühl hat, sie habe einem zu neuem und tieferem Verständnis der Welt verholfen – spielt es dann eine Rolle, ob die Geschichte wahr ist oder nicht?

Im September 2017 hatte ich in der Ukraine zu tun, hauptsächlich in Lwiw, aber einen freien Tag nutzte ich für eine zweistündige Fahrt in das südlich gelegene Iwano-Frankiwsk, wo irgendwann in den frühen 1880er-Jahren mein Großvater mütterlicherseits zur Welt gekommen war. Einen Grund für die Reise hatte ich nicht, nur Neugier, oder was ich die Verlockung einer falschen Nostalgie nennen könnte, denn Tatsache ist, dass ich meinen Großvater nie kennengelernt habe und immer noch so gut wie nichts von ihm weiß. Er starb siebenundzwanzig Jahre vor meiner Geburt, ein Schattenmann aus nicht aufgezeichneter, nicht erinnerter Vergangenheit, und schon auf dem Weg zu der Stadt, die er Ende des 19. oder Anfang des 20. Jahrhunderts verlassen hatte, wurde mir klar, dass der Ort, wo er seine Kindheit und Jugend verbracht hatte, nicht mehr der Ort war, wo ich diesen Nachmittag verbringen würde.

Dennoch wollte ich dorthin, und wenn ich heute darüber nachdenke, warum ich es wollte, läuft es vielleicht auf eine einzige nachweisbare Tatsache hinaus: Die Reise führte mich in die blutgetränkten Landstriche Osteuropas, die zentrale Schreckenszone der Gräuel des 20. Jahrhunderts, und wenn der Schattenmann, dem ich meinen Namen verdanke, diesen Winkel der Welt nicht verlassen hätte, wäre ich nie geboren worden.

Schon vor meiner Ankunft wusste ich, dass die vierhundert Jahre alte Stadt den Namen Iwano-Frankiwsk erst 1962 erhalten hatte (zu Ehren des ukrainischen Dichters Iwan Franko); davor hieß sie abwechselnd Stanisławów, Stanislau, Stanislawiw oder Stanislaw, je nach den jeweiligen Herrschern – Polen, Deutschen,

Ukrainern oder Sowjets. Eine polnische Stadt war zu einer habsburgischen geworden, eine habsburgische zu einer österreichisch-ungarischen, eine österreichisch-ungarische während der ersten zwei Jahre des Ersten Weltkriegs zu einer russischen, dann zu einer österreichisch-ungarischen, dann für kurze Zeit nach dem Krieg zu einer ukrainischen, dann zu einer polnischen, dann zu einer sowjetischen (von September 1939 bis Juli 1941), dann zu einer von Deutschen kontrollierten (bis Juli 1944), dann zu einer sowjetischen und jetzt, seit dem Zusammenbruch der Sowjetunion 1991, zu einer ukrainischen Stadt.

Zur Zeit der Geburt meines Großvaters hatte die Stadt 18000 Einwohner, um 1900 (etwa das Jahr seiner Ausreise) waren es 26000, über die Hälfte davon Juden. Zur Zeit meines Besuchs war die Einwohnerzahl auf 230000 gestiegen, in den Jahren der Naziherrschaft hatte die Zahl zwischen achtzig- und fünfundneunzigtausend gelegen, halb und halb Juden und Nichtjuden, und bekannt war mir bereits seit Jahrzehnten, dass nach dem Einmarsch der Deutschen im Sommer 1941 dort zehntausend Juden zusammengetrieben und im Herbst auf dem jüdischen Friedhof erschossen wurden; bis zum Dezember hatte man die verbliebenen Juden in ein Ghetto gesperrt, aus dem zehntausend nach Polen in das Todeslager Belzec verfrachtet wurden. Das ganze Jahr 1942 hindurch bis Anfang 1943 trieben die Deutschen die überlebenden Juden von Stanislau, tausend, fünftausend, zwanzigtausend, in die Wälder um die Stadt und erschossen und erschossen und erschossen sie, bis keine Juden mehr übrig waren – Zehntausende Menschen, ermordet durch eine Kugel in den Hinterkopf und verscharrt in Massengräbern, die die Ermordeten ausgehoben hatten, bevor sie erschossen wurden.

Eine freundliche Frau, die ich in Lwiw kennengelernt hatte, organisierte den Ausflug für mich, sie war in Iwano-Frankiwsk aufgewachsen, lebte immer noch dort und kannte sich bestens aus. Der Fahrer, den sie uns besorgte, erwies sich als junger, todesmutiger Irrer, der die schmale zweispurige Straße hinunterbretterte, als probe er für einen Job als Stuntman in einem Rennwagenfilm, inklusive waghalsiger Überholmanöver, bei denen er trotz heranrasender Autos ebenso gelassen wie abrupt auf die Gegenfahrbahn lenkte, und mehrmals während dieser Fahrt kam mir der Gedanke, dieser trübe, wolkenverhangene Nachmittag des ersten Herbsttages 2017 werde mein letzter Tag auf Erden sein. Was für eine Ironie des Schicksals, sagte ich mir, und doch auch furchtbar passend, dass ich diesen weiten Weg zu der Stadt, aus der mein Großvater vor über hundert Jahren fortgegangen war, nur auf mich genommen hatte, um zu sterben, bevor ich dort ankam.

Zum Glück war nicht viel Verkehr, ein paar schnelle Pkw, ein paar langsame Lkw und, einmal, ein mit einem Berg Heu beladener Pferdekarren, der sich mit einem Zehntel der Geschwindigkeit der langsamsten Lkw fortbewegte. Kräftige, beleibte Frauen in Kopftüchern stapften mit vollen Plastikeinkaufstüten am Straßenrand entlang. Ohne die Plastiktüten hätte man sie für

Gestalten von vor 200 Jahren halten können, osteuro-
päische Bäuerinnen, gefangen in einer Tradition, so alt
und so tief verwurzelt, dass sie sich bis in 21. Jahrhundert
erhalten hatte. Wir kamen an einem Dutzend kleiner
Ortschaften vorbei, links und rechts nichts als endlose,
kürzlich abgeerntete Felder, dann aber, nach etwa zwei
Dritteln der Strecke, ging die bäuerliche Landschaft in
ein von Schwerindustrie geprägtes Niemandsland über,
am eindrucksvollsten ein ungeheures Kraftwerk, das
plötzlich links von uns in den Himmel ragte.

Falls ich nicht durcheinanderbringe, was die freundliche Frau mir im Auto erzählt hat, liefert diese monu-
mentale Anlage Deutschland und anderen westeuro-
päischen Ländern den Großteil ihres Stroms. Auch das
gehört zu den widersprüchlichen Wahrheiten dieses
1200 Kilometer breiten Pufferstaats auf den Schlacht-
feldern zwischen Ost und West, denn zur selben
Zeit, da die Ukraine die eine Seite mit Strom versorgt,
der dort die Dinge am Laufen hält, muss sie auf der
anderen Seite Blut vergießen, um ihr schrumpfendes,
umkämpftes Territorium zu verteidigen.

Iwano-Frankiwsk entpuppte sich als recht attrak-
tives Städtchen ohne jede Ähnlichkeit mit der ver-
fallenen Stadtruine, die ich mir vorgestellt hatte. Die
Wolken hatten sich kurz vor unserer Ankunft zerstreut,
die Sonne schien, zahllose Menschen bewegten sich
auf den Straßen und Plätzen, und mich beeindruckte,
wie sauber und geordnet das alles war, kein in der Vergangenheit stecken gebliebenes Provinznest, sondern
eine moderne Kleinstadt mit Buchhandlungen, Thea-

tern, Restaurants und einem ansprechenden Nebeneinander von neuer und alter Architektur, Letztere in Gestalt von Gebäuden aus dem 17. und 18. Jahrhundert, die von den polnischen Gründern und ihren habsburgischen Eroberern errichtet wurden.

Ich hätte mich damit zufriedengegeben, nach einem Rundgang von zwei, drei Stunden wieder zurückzufahren, aber die freundliche Frau, die den Besuch eingefädelt hatte, wusste, dass mein Kommen mit meinem Großvater zu tun hatte und dass ich die Stadt seinetwegen einmal sehen wollte, und da er Jude gewesen war, glaubte sie, es könnte mir helfen, mit dem einzigen in der Stadt verbliebenen Rabbi zu sprechen, dem geistlichen Oberhaupt der letzten noch vorhandenen Synagoge von Iwano-Frankiwsk – ein massives, stattliches Gebäude aus den ersten Jahren des 20. Jahrhunderts, dem es irgendwie gelungen war, den Zweiten Weltkrieg mit nur kleineren Beschädigungen zu überstehen, die inzwischen längst behoben waren.

Ich bin mir nicht sicher, was ich dachte, aber ich hatte auch nichts dagegen, mit dem Rabbiner zu sprechen; immerhin war er vermutlich der weltweit einzige noch Lebende, der mir – vielleicht! – etwas über meine Familie erzählen könnte, diese namenlose Schar unsichtbarer Vorfahren, die in alle Winde zerstreut, gestorben und am Ende aus der Sphäre dessen, was man wissen kann, verschwunden waren; kaum denkbar, dass nicht Bomben oder Feuer oder der Federstrich eines übereifrigen Bürokraten ihre Geburtsurkunden irgendwann in den vergangenen hundert Jahren vernichtet hatten.

Ein Gespräch mit dem Rabbi wäre sinnlos, erkannte ich, ein Nebenprodukt der falschen Nostalgie, die mich überhaupt erst in diese Stadt geführt hatte, aber da war ich nun, an diesem Tag und nur an diesem einen Tag, ohne einen Gedanken daran, jemals wiederzukommen, und was konnte es schaden, ein paar Fragen zu stellen und abzuwarten, ob ich Antworten bekam?

Es gab keine Antworten. Der bärtige orthodoxe Rabbiner empfing uns in seinem Büro, konnte mir aber nicht mehr erzählen als das, was ich bereits wusste – dass der Name Auster zwar unter den Juden von Stanislaw verbreitet war, sonst aber nirgends –, und verlor sich dann kurz in eine Kriegsgeschichte von einer Frau namens Auster, die der Gefangennahme durch die Deutschen entgangen war, indem sie sich drei Jahre lang in einem Erdloch versteckt hatte, drei Jahre, die sie um den Verstand brachten, und zwar für den Rest ihres Lebens. Mehr hatte er nicht für mich. Ein hektischer, nervöser Mann, der während unseres Gesprächs eine ultradünne Zigarette nach der anderen rauchte, sie nach wenigen Zügen ausdrückte und sich die nächste aus einer Plastiktüte auf seinem Schreibtisch nahm, weder freundlich noch unfreundlich, nur fahrig, ein Mann, der anderes im Kopf hatte und, wie ich es sah, zu sehr mit seinen eigenen Sorgen beschäftigt war, als dass er sonderliches Interesse an diesem amerikanischen Besucher oder der Frau, die das Treffen arrangiert hatte, hätte aufbringen können.

Soweit man weiß, leben heute noch etwa zwei- bis dreihundert Juden in Iwano-Frankiwsk. Nicht bekannt ist, wie viele von ihnen ihre Religion ausüben oder den Gottesdienst in der Synagoge besuchen, aber nach dem, was ich eine Stunde vor dem Gespräch mit dem Rabbi beobachtet habe, scheint allenfalls ein Bruchteil dieser dezimierten Gemeinde noch daran teilzunehmen. Rein zufällig fiel mein Besuch nämlich auf Rosch Haschana, einen der höchsten Feiertage im liturgischen Kalender, und nur fünfzehn Personen hatten sich in der Synagoge eingefunden, um dem Schofar-Blasen zu lauschen, mit dem das neue Jahr begrüßt wird, dreizehn Männer und zwei Frauen. Anders als ihre Glaubensgenossen in Westeuropa und Amerika trugen die Männer weder dunkle Anzüge noch Krawatten, sondern Nylonjacken und rote und gelbe Baseballcaps.

Zurück im Freien, setzten wir unseren Spaziergang fort, eine Stunde, anderthalb Stunden, vielleicht länger. Die freundliche Frau hatte mir für sechzehn Uhr einen weiteren Gesprächspartner besorgt, einen Dichter aus Iwano-Frankiwsk, der sich angeblich jahrelang mit der Geschichte der Stadt beschäftigt hatte, aber fürs Erste blieb Zeit, ein paar Viertel zu erkunden, in denen wir noch nicht gewesen waren, und das taten wir dann auch ausgiebig. Die Sonne brannte vom Himmel, und im prächtigsten Septemberlicht gerieten wir auf einen weiten Platz und standen plötzlich vor der Kirche zur Heiligen Auferstehung, einer Barockkathedrale aus dem 18. Jahrhundert, die als schönstes habsburgisches Bauwerk aus der Zeit gilt, in der Iwano-Frankiwsk noch Stanislau hieß. Erfahrungen in anderen schönen Kirchen und Kathedralen, die ich in Westeuropa besucht hatte, ließen mich vermuten, bis auf ein paar Touristen und ihre Kameras werde dort niemand zu sehen sein. Weit gefehlt.

Denn dies hier war nicht Westeuropa, sondern die westliche Grenzregion dessen, was einmal die Sowjetunion gewesen war, eine Stadt in der Provinz Galizien am äußersten östlichen Rand der ehemaligen österreichisch-ungarischen Monarchie, und die Kirche, keine römisch-katholische oder russisch-orthodoxe, sondern eine griechisch-katholische, war mehr als gut gefüllt, und nicht mit Touristen oder Fachleuten für Barockarchitektur, sondern mit Einwohnern der Stadt, die diesen gewaltigen, vom Septemberlicht in den bunten Fenstern erleuchteten Raum bevölkerten, um zu beten oder nachzudenken oder mit sich selbst oder dem Allmächtigen zu reden. Es müssen insgesamt rund zweihundert Personen gewesen sein, und ganz besonders fiel mir an dieser schweigenden Menge auf, wie viele junge Menschen darunter waren, mindestens die Hälfte von allen, Männer und Frauen Anfang zwanzig, die mit gesenktem Kopf in den Bänken saßen oder mit gefalteten Händen auf dem Boden knieten und zu dem durch die bunten Fenster hereinströmenden Licht emporblickten.

Ein normaler Nachmittag mitten in der Woche, nicht anders als irgendein anderer Tag, abgesehen von dem unerwartet schönen Wetter, und an so einem strahlenden Nachmittag war die Kirche zur Heiligen Auferstehung voller junger Leute, die weder arbeiteten noch in Straßencafés saßen, sondern mit gefalteten

Händen auf Steinfliesen knieten und betend den Blick nach oben richteten. Erst der kettenrauchende Rabbi, dann die roten und gelben Baseballcaps, und jetzt das.

Wie sollte es da nicht einleuchten, dass der Dichter Buddhist war. Und nicht etwa ein New-Age-Konvertit, der ein paar Bücher über Zen gelesen hatte, sondern ein seit vielen Jahren praktizierender Gläubiger, der gerade von einem viermonatigen Aufenthalt in einem Kloster in Nepal zurückgekommen war, ein Mann von ernstem Charakter. Und ein Dichter, und ein Kenner der Stadt, aus der mein Großvater kam. Ein großer, schwerfälliger Typ mit fleischigen Händen und einer angenehmen Art, ein bedächtiger, scharfsinniger Mensch, der europäische Kleidung trug und seinen buddhistischen Glauben nur beiläufig erwähnte, was ich als ermutigendes Zeichen nahm, ihm vertrauen und mich darauf verlassen zu können, dass er mir die Wahrheit sagte. Die Unterhaltung ist erst zwei Jahre her, aber eigenartigerweise weiß ich, trotz der kurzen Zeitspanne und obwohl ich seither fast täglich daran gedacht habe, nichts mehr von dem, was er mir über die Stadt erzählt hat, bis zu dem Augenblick, da er die Wölfe erwähnte. Als er davon anfing, war alles andere ausgelöscht.

Wir saßen in einem Straßencafé auf dem größten Platz der Stadt, dem Zentrum von Stanislau-Stanislaw-Iwano-Frankiwsk, einem weiten, von Sonnenlicht durchfluteten Areal ohne Autos, aber voller Menschen, die von hier nach dort in alle Richtungen gingen, in meiner Erinnerung nichts als eine lautlos an mir vorüberziehende Menge schweigender Körper, während ich dem Dichter und seiner Geschichte lauschte. Wir hatten uns bereits darüber verständigt, dass ich wusste, was zwischen 1941 und 1943 mit der jüdischen Hälfte der Bevölkerung geschehen war, aber, sagte er, als im Juli 1944 die Sowjetarmee in die Stadt einmarschierte, sechs Wochen nach der Invasion der Alliierten in die Normandie, hatte sich nicht nur die deutsche Besatzung längst verzogen, sondern auch die andere Hälfte der Bevölkerung. Sie alle waren davongelaufen, nach Osten und Westen, Norden und Süden, mit anderen Worten, die Sowjets hatten eine menschenleere Stadt erobert, ein herrenloses Gut. Die Bevölkerung hatte sich in alle vier Winde zerstreut, und jetzt war die Stadt nicht mehr von Menschen, sondern von Hunderten Wölfen bewohnt, von Hunderten und Aberhunderten Wölfen.

Entsetzlich, dachte ich, wie entsetzlich, entsetzlicher als der entsetzlichste Traum, und plötzlich, als steige es aus einem meiner Träume empor, kam mir das Gedicht von Georg Trakl in den Sinn – *Im Osten*, das ich zum ersten Mal vor fünfzig Jahren gelesen hatte, gelesen und immer wieder gelesen, bis ich es auswendig konnte, das Weltkriegsgedicht von 1914, geschrieben über Gródek, eine galizische Stadt nicht weit von Stanislau, das mit der Strophe endet:

Dornige Wildnis umgürtet die Stadt.
Von blutenden Stufen jagt der Mond
Die erschrockenen Frauen.
Wilde Wölfe brachen durchs Tor.

Wie habe er davon erfahren?, fragte ich.

Sein Vater, sagte er, habe ihm oft davon erzählt. Nach dem Einmarsch der Sowjets in Stanislau, von da an Stanislaw, sei sein Vater, 1944 ein junger Mann Anfang zwanzig, zwangsweise einer Heereseinheit zugeteilt worden, die den Auftrag hatte, die Stadt von den Wölfen zu säubern. Die Aktion dauerte mehrere Wochen, sagte er, vielleicht sogar mehrere Monate, das weiß ich nicht mehr, und als Stanislaw wieder für Menschen bewohnbar war, besiedelten die Sowjets die Stadt mit Militärs und ihren Familien.

Ich ließ meinen Blick über den Platz wandern und versuchte, ihn mir im Sommer 1944 vorzustellen, all die ihren Besorgungen nachgehenden Menschen verschwunden, wie ausradiert aus der Szene, und da begann ich, die Wölfe zu sehen, Dutzende Wölfe, wie sie in kleinen Rudeln über den Platz liefen, auf der Suche nach Nahrung in der verlassenen Stadt. Die Wölfe sind der Endpunkt des Albtraums, sagte ich mir, das äußerste Resultat der Dummheit, die zu den Verheerungen des Krieges führt, in diesem Fall zur Ermordung von drei Millionen Juden und ungezählter Zivilisten und Soldaten anderer oder keiner Religionsgemeinschaften in den blutgetränkten Landstrichen des Ostens, und kaum ist das Schlachten beendet, stürmen wilde Wölfe zu den Toren der Stadt hinein. Die Wölfe sind nicht nur Symbole des Kriegs. Sie sind die Ausgeburt des Krieges und dessen, was Krieg über die Erde bringt.

Ich zweifle nicht daran, dass der Dichter mir die

Wahrheit zu sagen glaubte. Für ihn waren die Wölfe real, und die ruhige Überzeugung, mit der er mir die Geschichte erzählte, war für mich Grund genug, sie als real zu akzeptieren. Zugegeben, er hatte die Wölfe nicht mit eigenen Augen gesehen, nur sein Vater, aber warum sollte ein Vater seinem Sohn etwas erzählen, wenn es nicht der Wahrheit entspricht? Das würde er nicht tun, sagte ich mir, und als ich wenig später Iwano-Frankiwsk verließ, war ich mir sicher, dass in Stanislaw, nachdem die Russen die Stadt den Deutschen abgejagt hatten, eine Zeit lang Wölfe regiert hatten.

In den Wochen und Monaten danach versuchte ich alles Mögliche, der Sache auf den Grund zu gehen. Ein Freund mit Verbindung zu Historikern an der Universität von Lwiw (ehemals Lvov, Lwów und Lemberg), insbesondere zu einer Spezialistin für die Geschichte dieser Region, erkundigte sich bei ihr danach und erhielt die Antwort, bei keiner ihrer bisherigen Untersuchungen sei sie jemals auf die Wölfe von Stanislaw gestoßen, und als sie daraufhin genauere Nachforschungen anstellte, fand sie keinerlei Spuren der Geschichte, die der Dichter erzählt hatte. Was sie jedoch fand, war ein kurzer Film, der die Einnahme der Stadt durch sowjetische Truppen am 27. Juli 1944 dokumentiert; sie schickte mir eine Kopie, damit ich mir den Film selbst ansehen konnte.

Kolonnen von etwa fünfzig bis hundert Soldaten marschieren in Stanislaw ein, bejubelt von einer kleinen Schar gut gekleideter, gut genährter Bürger. Dann dieselbe Szene aus einem leicht veränderten Blickwinkel, dieselben fünfzig bis hundert Soldaten und dieselben gut gekleideten, gut genährten Bürger. Schnitt auf eine eingestürzte Brücke, dann wieder zurück auf die Soldaten und die jubelnden Leute, und Schluss. Vielleicht waren die Soldaten echt, hier aber war ihnen wohl aufgetragen, Soldat zu spielen, so wie Schauspielern aufgetragen war, jubelnde Bürger zu spielen in diesem grob geschnittenen, unfertigen Propagandafilm zur Verherrlichung der heldenhaften Güte und Tapferkeit der Sowjetunion.

Überflüssig zu erwähnen, dass in dem Film kein einziger Wolf zu sehen ist.

Was mich auf die ursprüngliche und nicht zu beantwortende Frage zurückbringt: Was soll man glauben, wenn man sich nicht sicher sein kann, ob eine angebliche Tatsache wahr oder nicht wahr ist?

Mangels jeglicher Fakten, die die Geschichte als wahr oder falsch erweisen könnten, glaube ich dem Dichter. Und ob es sie damals dort gab oder nicht, ich glaube an die Wölfe.

5

Fürs Erste steht alles still. Baumgartner hat den letzten Satz des letzten Absatzes des letzten Kapitels von *Rätsel des Steuers* geschrieben, und jetzt muss er für ein, zwei Monate vergessen, dass das Buch fertig ist und dass er es überhaupt auf sich genommen hat, so ein Buch zu schreiben. Baumgartner bezeichnet diese Zeit nach der Niederschrift als den *Zusammenbruch* oder *Die beschwipste Mrs. Dolittle* oder, nach dem alten Coca-Cola-Werbespruch seiner Kindheit, *Mach mal Pause*. Diese Auszeit ist der wesentliche Schritt zur Fertigstellung des Buches, denn nachdem man tagein, tagaus, womöglich ein paar Jahre oder gar viele Jahre lang mit dem entstehenden Buch zusammengelebt hat, ist man ihm, wenn es dann fertig ist, so nahe, dass man gar nicht mehr beurteilen kann, was man getan hat. Mehr noch, die Worte, die man geschrieben hat, sind einem mittlerweile so vertraut, dass sie wie tot auf dem Papier vor einem liegen, und ihr Anblick würde einen mit solchem Widerwillen erfüllen, dass man in Versuchung geraten könnte, das Manuskript in einem Anfall von Wut oder Verzweiflung zu vernichten. Der eigenen geistigen Gesundheit und auch dem zuliebe, was von der Katastrophe, die man angerichtet hat, noch zu retten sein könnte, muss man sich zwingen, erst einmal Abstand zu nehmen und das verdammte Ding in Ruhe zu lassen, bis es sich so gründlich von einem abgelöst hat, dass man, wenn man endlich wagt, es sich wieder vorzunehmen, das Gefühl hat, man sähe es zum ersten Mal.

Eine der vielen Lektionen, die der alte Lebenslängliche in der letzten besetzten Zelle im zweiten Stock der Haftanstalt Nr. 7 gelernt hat.

Fürs Erste steht daher alles still, und Baumgartner befindet sich wieder einmal in einer seiner regelmäßig wiederkehrenden Phasen erzwungenen Müßiggangs. In der Regel nutzt er diese Leerzeiten für banale, praktische Arbeiten, die öden Alltagsgeschäfte, die er, solange er an einem Projekt arbeitet, vorsätzlich ignoriert und unerledigt liegen lässt. Zum Zahnarzt gehen, zum Beispiel, oder etwas Neues zum Anziehen kaufen, oder, nachdem er es anderthalb Jahre aufgeschoben hat, den Arzt anrufen und einen Termin für seine lange hinausgezögerte jährliche Vorsorgeuntersuchung machen, oder sich um die Schandflecke im Haus kümmern, wie zum Beispiel, als er nach seinem Buch über Kierkegaard die Aktion zur Beseitigung des Chaos auf der Veranda einleitete und einen Entrümpeler kommen ließ, der seine ungewollten Bücher zur Bücherei brachte – den Inhalt von vierhundertelf Päckchen, geliefert von der tapferen Molly, die als Lichtgestalt von UPS alle anderen Frauen überdauert hat, die in den vergangenen zehn Jahren in seinem Leben ein und aus gegangen sind.

Diesmal jedoch ist es anders als sonst, und Baumgartner sprüht nur so von Plänen, kühnen Plänen, die weit über Alltägliches wie einen Termin zur Zahnreinigung oder den Erwerb neuer Schuhe hinausgehen. Vor vier Tagen hat er den letzten Satz seines Buchs geschrieben. Unmittelbar darauf hatte er die zweihunderteinundsechzig Manuskriptseiten ausgedruckt, in einer Schreibtischschublade verstaut und sich vorgenommen, erst in einem Monat oder sechs Wochen wieder einen Blick darauf zu werfen, sollte heißen, nicht vor Mitte oder Ende November. Dann, zwei Tage danach (17. Oktober 2019), also vor zwei Tagen, geschah etwas Unerwartetes, und dieses Etwas hat zur Folge, dass ein euphorischer, frisch beflügelter Baumgartner die Ärmel hochgekrempelt und sich ans Werk gemacht hat, der Herausforderung zu begegnen, vor die ihn dieses Etwas stellt.

Die Überraschung kam in Form eines Briefes aus Ann Arbor, Michigan. Ein echter Brief, zwei getippte Seiten in einem direkt an Baumgartners Poe-Road-Adresse geschickten Standardumschlag, Absender eine gewisse Beatrix Coen. *Sehr geehrter Professor Baumgartner*, schrieb sie und erklärte dann erst einmal, wie sie an Baumgartners Privatanschrift gekommen war, nämlich über einen gemeinsamen Freund, Tom Nozwitszki, ihren Studienberater im Fachbereich Anglistik und Vergleichende Literaturwissenschaft an der University of Michigan. Der gute alte Tom mit seinem Wuschelkopf und dicken Schmerbauch, dachte Baumgartner, das alte Plappermaul, sein und Annas Freund aus den New-School-Zeiten Ende der Siebziger und Anfang der Achtziger, etwas jünger als sie beide und halb in Anna verliebt, ein hartnäckiger, harmloser Schäker, mit dem sich aber immer gut reden ließ, Spezialist für amerikanische Lyrik, zeitgenössisches Zeug, die Abtrünnigen und Außenseiter der Black-Mountain-Schar, die New York School und all die anderen, verzogen nach Ann Arbor ungefähr zu der Zeit, als Baumgartner und Anna nach Princeton gingen, Verfasser der ausführlichsten, gründlichsten und überschwänglichsten Besprechung von Annas Buch. Tom Nozwitszki, der sich immer noch gelegentlich meldet und nie versäumt, wenn er nach New York kommt, Baumgartner anzurufen, und der Baumgartner erst vorige Woche eine Mail geschickt hat, in der er sich für Ms. Coen verbürgt und STB darauf vorbereitet, dass er demnächst einen Brief von ihr bekommen wird, doch Baumgartner, noch mit dem letzten Kapitel seines Buchs beschäftigt, hat die Mail zwischen den unzähligen anderen in seinem Posteingang übersehen, zahllosen ungelesenen und unbeachteten Nachrichten am dunklen Rand der Wahrnehmung. Also las er Ms. Coens Brief, bevor er gelesen hatte, was Tom über sie zu sagen hatte (brillante junge Frau ... meine beste Studentin seit Jahren ... wunderbare Denkerin und Autorin, die Annas Gedichte liebt und mich – ist das nicht seltsam? – manchmal an Anna selbst erinnert ...), aber um der Wahrheit die Ehre zu geben, war Ms. Coens Brief überzeugend genug, für sich selbst zu bürgen, und als Baumgartner den letzten Satz las, stand fest, dass er ihr auf der Stelle antworten musste.

Sie hoffte, ihre Dissertation über Annas Gesamtwerk schreiben zu können, aber da dieses Werk aus nur einem einzigen Buch von hundertzwölf Seiten bestand, war sie unsicher, ob das Gremium ihren Vorschlag akzeptieren würde. Was erklärte, warum sie Baumgartner jetzt schrieb: Sie wollte wissen, ob es außer den achtundachtzig in *Lexikon* veröffentlichten Gedichten noch mehr von Anna gebe. Mehr Gedichte vor allem, aber auch irgendwelche Prosatexte oder Briefe oder ein Tagebuch oder Notizbücher, Entwürfe und Revidiertes, alles mögliche unveröffentlichte Material, das ihr helfen würde, *Anna Blumes verstörendem Genie* besser auf die Spur zu kommen. Baumgartner grinste, als er das las. Dann schlug er mit der flachen Hand auf den Küchentisch und ließ den Brief kurz sinken, um innerlich zu frohlocken. Die junge Frau meint es ernst, sagte er sich, und sie stellt genau die richtigen Fragen. Sollte es tatsächlich unveröffentlichte Manuskripte geben, fuhr sie fort, wolle sie wissen, ob er die irgendeinem Archiv überlassen habe oder ob die Papiere (wie Tom Nozwitszki vermute) noch in seinem Haus an der Poe Road seien, und falls ja, ob er ihr vielleicht erlauben würde, ihn zu besuchen und so lange bei ihm herumzuhängen, bis sie das ganze Material durchgesehen habe – vorausgesetzt, dies lasse sich während eines einzigen Besuchs bewerkstelligen. Natürlich würde sie sich eine Unterkunft besorgen und sich nach allem richten, was er von ihr verlange: so und so viele Stunden täglich zum Beispiel, oder festgelegte Zeiten, wo sie Fragen stellen dürfe, um ihn nicht bei der Arbeit zu stören oder ihm sonst irgendwie zur Last zu fallen.

Er hatte schon viele Briefe bekommen, seit Annas Buch erschienen war, aber noch keinen wie diesen; hier wurde nicht um einen Beitrag für eine Anthologie oder die Genehmigung für eine Übersetzung gebeten, und es war auch kein emotionsgeladener Fanbrief eines einsamen Highschool-Mädchens aus Massachusetts oder Nebraska, sondern das Versprechen einer begabten jungen Wissenschaftlerin, sich womöglich jahrelang intensiv mit Anna Blumes Gedankenwelt in all ihren vielfältigen Erscheinungsformen auseinanderzusetzen. Baumgartner fragte sich, warum ihn das so bewegte. Es war mehr als Glück, erkannte er, mehr als nur ein Grund zum Feiern, eher das Gefühl, es habe sich ein Schicksal erfüllt, als habe er, ohne sich dessen bewusst zu sein, auf genau so einen Brief gewartet, seit Annas Buch vor neun Jahren bei Redwing Press erschienen war, nicht dass er tatsächlich damit gerechnet hatte, nur gehofft, dass es irgendwo da draußen im unendlichen Mysterium der Menschheit jemanden gäbe, dem das, was Anna der Welt geschenkt hatte, so sehr am Herzen lag, dass er sich hinsetzte und ihm diesen Brief schrieb. Jetzt war der Brief da, und Baumgartner begriff, dass nicht nur sein leeres Jahr ohne Judith sich dem Ende näherte, sondern dass auch fast alles andere an seinem Leben sich ändern würde.

Selbstverständlich gab es Unmengen unveröffentlichten Materials, die Beatrix Coen studieren konnte, und selbstverständlich war Baumgartner mehr als bereit, sie einzuladen und ihr zu erlauben, bei ihm so lange *herumzuhängen*, wie sie wollte oder wie sie für ihre Arbeit brauchte. Zugleich begann er, sich Sorgen zu machen, dass eine siebenundzwanzigjährige Studentin sich die überhöhten Preise der Gasthöfe, Hotels und Pensionen in und um Princeton nicht leisten konnte, und als er an die trostlosen Motels an den lärmenden, vielbefahrenen Highways in der weiteren Umgebung dachte, kam er zu dem Schluss, dass es für ihren Geldbeutel und seinen Seelenfrieden das Beste wäre, wenn sie bei ihm übernachten würde. Aber nicht im Haus, es gibt ja nur die drei Zimmer im ersten Stock, eins, in dem er selber schläft, eins, in dem er arbeitet, und schließlich das kleine Gästezimmer direkt neben seinem Schlafzimmer, eine Nähe, die Baumgartners Besucherin nur in Verlegenheit bringen würde, zu schweigen von Baumgartner selbst: zwei Fremde, die sich ein Bad teilen und jeden Abend zwei Meter voneinander entfernt, nur mit einer dünnen Wand zwischen ihnen, zu

Bett gehen müssen. Wenn Baumgartner sich nachts auf den Rücken dreht, wird er garantiert schnarchen, und wer weiß, ob nicht auch die junge Ms. Coen schnarcht? Aber er hat ja noch das Apartment unter dem Dach der Doppelgarage, eine nette kleine Wohnung, groß genug für zwei Leute, mit einem Bett, einer Kommode, einem Kleiderschrank, einer Kochnische, einem Bad mit Duschkabine und einem frei stehenden, extragroßen Radiator. Die hatten er und Anna in den ersten fünf oder sechs Jahren an Studenten vermietet, und als sie die zusätzlichen Einnahmen nicht mehr brauchten, konnten sie sie ihren New Yorker Freunden für längere Besuche oder übers Wochenende zur Verfügung stellen. Seit Annas Tod hat Baumgartner die Wohnung praktisch vergessen, und ohne die gewissenhafte Mrs. Flores, die darauf besteht, dort alljährlich Frühjahrs- und Herbstputz zu veranstalten, wäre das einst attraktive Apartment längst zum Herrschaftsgebiet von Fledermäusen, Spinnen und Staub geworden. So aber dürfte es nur ein paar Wochen brauchen, mit kleineren Ausbesserungs- und Reparaturarbeiten alles wieder bewohnbar zu machen, und noch an diesem siebzehnten Oktober, sechs Stunden nachdem er Beatrix Coens Brief gelesen hatte, heuerte er Mr. Flores und seine Leute an, den Job zu erledigen. Und wenn sie damit fertig waren, hatte er noch einen zweiten Job für sie: die alte Kellertreppe komplett herausnehmen und eine neue einbauen. Endlich.

Am selben Tag rief er Tom Nozwitszki in Ann Arbor an. Nach dem üblichen Hallo und Wie-geht's und Was-treibst-du-so sagte Baumgartner: Erzähl mir mehr von Beatrix Coen. Nach dem, was du schreibst, ist sie ungewöhnlich begabt und vielversprechend, aber da ich vorhabe, sie auf unbestimmte Zeit zu mir einzuladen, würde ich gern wissen, ob sie eine stabile, charakterfeste Persönlichkeit ist, die mir kein Debakel und Unheil ins Haus bringt. Ich kann ihr Unmengen an Material zum Arbeiten geben, aber falls sie sich als überspannt oder allzu schwierig herausstellt, oder als zu schüchtern, zu gesprächig oder zu anspruchsvoll oder was auch immer, ändere ich meine Pläne und denke mir etwas anderes aus, wie ich mit ihr zusammenkomme. Vorausgesetzt, ich möchte überhaupt mit ihr zusammenkommen.

Tom lachte. Keine Sorge, Sy. Sie ist in Ordnung. Hochintelligent, sympathisch, ausgeglichen. *Eine von uns*, mit Conrad zu reden. Ich kenne sie seit drei Jahren, und ich habe sie als zuverlässige, ernsthafte und sehr fleißige Person kennengelernt, aber sie kann auch komisch sein, wenn sie in der richtigen Stimmung ist, irrsinnig komisch, so wie Anna, wenn sie mal einen in der Krone hatte, weshalb ich manchmal an Anna denken muss, wenn ich Bebe sehe.

Bebe?

So wird sie von allen genannt. Und glaub mir, sie ist keine typische Amerikanerin. Zur Hälfte Jüdin, ein Viertel weiße Protestantin und ein Viertel schwarz. Ihre Großmutter mütterlicherseits war eine der ersten schwarzen Ärztinnen in Philadelphia. Und ihre Großmutter väterlicherseits war die erste jüdische Physik-Professorin an der Columbia. Toller Stammbaum, oder? Genies, wohin das Auge blickt, aber Bebe sieht sich bloß als Promenadenmischung oder, wie sie einmal sagte, als *Irgendeine, die sich als Jedermann maskiert.* Was noch? Ihre Mutter ist Kunsthistorikerin, ihr Vater Biochemiker, beide lehren an der University of Chicago. Zwei

Geschwister, die sich irgendwo in Amerika oder Europa oder beidem herumtreiben. Und, zu deiner Beruhigung, sie hat fast alle deiner Bücher gelesen, oder vielleicht auch alle deiner Bücher, und hält dich für das Größte seit Wheaties.

Frühstück der Champions.

So war es gemeint, auch wenn sie es nicht direkt so gesagt hat.

Nach dem Gespräch mit Tom schickte Baumgartner seine Antwort nach Ann Arbor, und damit begannen die Planungen für Beatrix Coens Besuch bei ihm, für die vielen Tage oder Wochen oder Monate, die sie brauchen wird, sich durch die zwölfhundert Seiten von Annas unveröffentlichten Manuskripten und Briefen zu ackern. Der alte Mann ist der jungen Frau unendlich dankbar für das leidenschaftliche Interesse, das sie an Annas Arbeit zeigt, und die junge Frau ist dem alten Mann unendlich dankbar für seine großzügige Unterstützung ihres Anliegens und für den grotesken Aufwand an Kosten und Mühen, mit dem er das Apartment über der Garage für sie renovieren lässt, und ihre beiderseitige Dankbarkeit ist so groß, dass man bei den frühen Mails und Briefen und Postkarten, die zwischen ihnen hin- und hergingen, auf den Gedanken hätte kommen können, sie seien Angehörige des Hofs König Ludwigs in Versailles im 17. Jahrhundert und nicht zwei Bürgerliche aus dem verwilderten, zerfallenden Hinterland der Neuen Welt im 21. Jahrhundert, weil *Politesse* auf dem Niveau, das sie in ihrem Schriftwechsel einhielten, in ihrer Lebenswelt und Lebenszeit ohne Beispiel war. Nach und nach jedoch ist der hochgestochene Ton zu irdischeren, direkteren Formen des Austauschs übergegangen, und das Verhältnis der beiden zueinander scheint sich zu einer großartigen Freundschaft zu entwickeln. Baumgartner ist begeistert.

Bis zum Ende des Semesters hat sie noch an der Universität zu tun, über Weihnachten will sie dann ihre Eltern besuchen, und so verabreden sie, dass sie in den ersten Tagen des neuen Jahres nach New Jersey kommen soll; in den zweieinhalb Monaten bis dahin will Baumgartner die Reparaturen am Haus beenden, sich wieder mit Annas Manuskripten vertraut machen und anschließend, in einem Monat oder so, das Manuskript von *Rätsel des Steuers* erst lesen und dann alle notwendigen Korrekturen vornehmen und schließlich das Buch seiner Agentin Maddy Lifton geben, die es dann per Mail an seinen amerikanischen Verlag Heller Books weiterleiten wird, das Unternehmen, an dessen Gründung Anna 1972 beteiligt war und bei dem Baumgartners Bücher seit fast vierzig Jahren erscheinen.

Jetzt, nachdem der Besuch abgemacht ist, und jetzt, nachdem Mr. Flores und seine Leute mit der Arbeit an der Garagenwohnung angefangen haben, findet Baumgartner, es müsse auch etwas am Garten getan werden, wo die entblößten Blumenbeete nach elf Jahren Vernachlässigung zu trostlosen Vorposten von Unkraut und vermodertem Gestrüpp geworden sind, da er selbst allenfalls noch im Frühjahr oder Sommer irgendwelche Schüler angeheuert hatte, ihm mit dem uralten, zunehmend rostigen Handmäher, den er und Anna von den Vorbesitzern übernommen hatten, den Rasen zu mähen. Aber jetzt, wo Bebe Coen demnächst für eine Zeit in die Poe Road einziehen wird, ist ihr künftiger Gastgeber zum glühenden Gartenbaufanatiker geworden. Früher, als Anna sich um das Haus kümmerte, war der Garten voll von Blumen und Sträuchern, nichts, was viel Aufwand oder Mühe beanspruchte, dennoch ein schönes Fleckchen, eine bunte Mischung aus leuchtenden Farben, kontrastierenden Formen und vielfältigen Grüntönen, und da gerade jetzt, Mitte Oktober, die beste Zeit ist, Sträucher und Zwiebeln zu setzen, will Baumgartner die Sache in Angriff nehmen und sämtliche verwelkten Stängel und toten Büsche ausreißen und den ganzen verdammten Garten neu bepflanzen, bevor es Winter wird und der Boden zufriert.

Und damit kehrt nach einer Abwesenheit von mehreren Kapiteln Ed Papadopoulos in die Geschichte zurück, der Zählerableser und Ex-Baseballer, der Baumgartner an dem Tag, als er die Treppe hinunterfiel, so viel Gutes erwiesen hat, der barmherzige, hilfsbereite Herkules, der wie versprochen nach der Arbeit mit einem großen Eisbeutel für Baumgartners Knie und neuen Glühbirnen für den Keller noch einmal ins Haus kam, Baumgartner ein Essen auf den Tisch zauberte und hinterher die Küche aufräumte. Die beiden sind in den anderthalb Jahren seither Freunde geworden, vergangenes Frühjahr war Baumgartner Gast auf der Hochzeit des jungen Mannes (mit einer quirligen blonden Reiseberaterin), er hat die beiden Frischvermählten zu Schlemmermahlen in den besten chinesischen, mexikanischen und italienischen Restaurants der Umgebung eingeladen und Ed in seinem Entschluss bestärkt, bei PSE&G zu kündigen und in den Gartenbaubetrieb seines Vaters einzusteigen, auch wenn er und sein Vater nicht so richtig miteinander auskommen, doch Baumgartner kannte ihn jetzt ziemlich gut und wusste, der sanftmütige, äußerst sensible Ed besaß ein instinktives Gespür für alles Lebende, und es wäre eine dankbare Art, sich seinen Lebensunterhalt mit Gartenarbeiten und der Pflege von Blumen, Büschen und Bäumen zu verdienen, und die Zufriedenheit, die das mit sich brächte, würde die gelegentlichen Streitereien mit seinem launenhaften, tyrannischen Vater mehr als wettmachen. Ed ist jetzt seit fast einem Jahr dabei, und da Baumgartner ihn um seine fachliche Hilfe gebeten hat, kommt Ed nun jeden Morgen mit zwei jungen Gehilfen, um den Garten auf Vordermann zu bringen und seinen alten Glanz wiederherzustellen. So läuft es jetzt alle Tage: Mr. Flores und seine Leute gehen in der Garage ein und aus, und Ed und seine Leute schuften im Garten, und weil die beiden Baustellen dicht beieinanderliegen, überschneiden sich die Wege der beiden Trupps, von denen der eine aus drei Männern besteht, die untereinander Spanisch sprechen, der andere aus drei Männern, die sich auf Englisch unterhalten. Keine der beiden Gruppen kann sich mit der anderen verständigen, aber es gibt ja noch Ed Papadopoulos, den ehemaligen Minor-League-Baseballer, der es sich zur Aufgabe gemacht hatte, Spanisch zu lernen, um mit seinen lateinamerikanischen Teamkameraden kommunizieren zu können, all diesen verstörten jungen Leuten aus der Domrep und Mexiko und Panama und Venezuela, die, ohne ein Wort Englisch zu sprechen, ins Gringoland gekommen waren, und so kann Ed problemlos mit Angel Flores und seinen beiden Angestellten in ihrer Muttersprache reden, und zum ersten Mal in all den Jahren, die er ihn kennt, hat Baumgartner den verschlossenen, oft finster dreinschauenden Mr. Flores lächeln und sogar laut lachen sehen. STB kann genug Spanisch, um zu verstehen, dass der Gartenmann und der in der Dominikanischen Republik aufgewachsene Zimmermann sich hauptsächlich über Baseball unterhalten, und ist es nicht bemerkenswert, denkt Baumgartner, dass der dicke, schwerfällige Ed, einer der am wenigsten bemerkenswerten Männer auf Erden, über die Gabe verfügt, wohin er auch kommt, Leben zu versprühen.

Unterdessen hat Baumgartner Annas sämtliche Manuskripte zusammengestellt und geht sie zum ersten Mal seit Jahren wieder durch. Seit er die Gedichte für *Lexikon* ausgewählt hat, hat er sich über die verworfenen keine Gedanken mehr gemacht, überzeugt, dass sie nicht an die anderen heranreichten und lieber nicht veröffentlicht werden sollten. Aber was, wenn er sich getäuscht hatte, was, wenn die Maßstäbe, die er sich auferlegt hatte, zu streng und zu kompromisslos gewesen waren? Annas Buch hatte Aufsehen erregen sollen, und deshalb hatte er sich auf die Gedichte beschränkt, die er für Meisterwerke hielt, die achtundachtzig besten von den zweihundertsechzehn, die er gefunden hatte, und das Buch hatte tatsächlich Aufsehen erregt und erregt immer noch Aufsehen unter der ständig zunehmenden Zahl neuer Leser, aber nicht einmal die größten Dichter schreiben nur Meisterwerke, und vielleicht hat er Anna mit seiner rigorosen Vorgehensweise einen schlechten Dienst erwiesen. Während er jetzt über den hundertachtundzwanzig aussortierten Gedichten brütet, insgesamt knapp hundertfünfzig Seiten von niemandem gekannter, unsichtbarer Lyrik, beginnt er, sie mit Beatrix Coens Augen zu lesen, und stellt sich vor, wie sie auf diese nicht ganz so vollkommenen, oft aber großartigen Sachen reagieren wird, versetzt sich in sie hinein und empfindet ihre Aufregung nach, wenn sie entdeckt, was für sie nichts anderes als ein riesiger Fund von knisternder, wimmelnder Pracht sein kann. Was bist du nur für ein Idiot, sagt sich Baumgartner, warum um alles in der Welt hatte er nach *Lexikon* nicht einen zweiten Gedichtband zusammengestellt? Gut siebzig oder achtzig dieser Gedichte sollten auf der Stelle in die Welt hinausgesandt werden, wenn nicht alle hundertachtundzwanzig auf einmal, und irgendwann, wer weiß, wann, aber irgendwann in den kommenden Jahren sollten die beiden Bücher zusammengefasst und als dicker Band *Gesammelte Gedichte* erscheinen – ein Denkmal aus singenden Seiten, die das Schweigen von Annas Grab übertönen werden.

Und da ist ja noch mehr, viel mehr. Nicht nur Annas autobiografische Texte, sondern auch Übersetzungen von siebenundachtzig französischen, spanischen und portugiesischen Gedichten, die nie veröffentlicht wurden, und drei Berge mit Bleistift, Füller und Maschine geschriebener Manuskripte von fast allen Gedichten Annas, Manuskripte von Alternativfassungen, die meisten auf handelsüblichem Schreibpapier, aber auch auf losen Blättern aus Skizzenblöcken, Kalendern und linierten Notizbüchern verschiedener Größen, horizontal linierte amerikanische und britische Notizbücher oder karierte *cahiers* und *cuadernos* aus Frankreich und Spanien, aber auch Gedichte oder Teile von Gedichten auf den Rückseiten von Briefumschlägen, Stromrechnungen, Einkaufszetteln, einer Dachdeckerrechnung und einem wortgewandten, tief empfundenen Dankesbrief des Lektors, der ihre Übersetzung von Lorcas *Dichter in New York* herausgebracht hatte. Und: Manuskripte von einem Dutzend Buchbesprechungen und Belegexemplare der Wochen- und Monatszeitschriften, in denen sie erschienen waren, fünf unveröffentlichte Kurzgeschichten und die zweihundertsechsunddreißig Seiten von Annas zwei aufgegebenen Romanen – alles essenzielles Quellenmaterial für Beatrix Coens Dissertation (falls sie mit dem Vorschlag durchkommt), wahrscheinlich aber nicht der Veröffentlichung wert, wenn man bedenkt, dass beide Romane unvollendet sind und die fünf Erzählungen insgesamt nur dreißig Seiten umfassen. Aus den Übersetzungen könnte sich ein Buch machen lassen, glaubt er, ebenso aus den vierzehn autobiografischen Texten (171 Seiten), doch das will Baumgartner jetzt noch nicht entscheiden, erst später, wenn er sich das noch einmal durch den Kopf gehen lässt, wird er etwas unternehmen oder auch nicht, aber nur nachdem er sich mit anderen besprochen hat, denn er will sich auf keinen Fall von seiner Begeisterung zu einer falschen Entscheidung hinreißen lassen, die Anna und ihrem Werk mehr schaden als nützen würde.

Abgesehen davon, dass er mit den Gedichten vorankommt, ist ihm nur wohl bei dem Gedanken, seine Korrespondenz mit Anna zu veröffentlichen, Briefe aus der Zeit von Mitte 1969 bis Mitte 1971, den zwei hoffnungslos langen Jahren, in denen sie an gegenüberliegenden Seiten des Atlantiks gestrandet waren und entweder per Brief in Verbindung bleiben mussten oder einander für immer aus den Augen verlieren würden. Da waren sie noch Kinder – neunzehn und einundzwanzig –, noch hatte sich nichts Festes zwischen ihnen entwickelt, außer vielleicht die Hoffnung, dass aus dem Kleinen, das sie zusammen angefangen hatten, irgendwann etwas Großes und womöglich sogar etwas Monumentales werden konnte, auch wenn weder er noch sie dieser Hoffnung Ausdruck zu verleihen wagte, als die Zeit ihrer Trennung begann. Davor, im September, war es zu der ersten verkorksten Begegnung in dem Secondhandladen gekommen, mit der die Geschichte auch schon hätte zu Ende sein können und sehr wahrscheinlich hätte zu Ende sein sollen, doch acht Monate später bekamen sie eine neue Chance, denn im Gegensatz zu dem, was angesehene Rationalisten uns seit Jahren erzählen, sind die Götter dann am glücklichsten und ganz in ihrem Element, wenn sie mit dem Universum Würfel spielen, und eines Nachmittags Ende Mai setzte Baumgartner sich im Hungarian Pastry Shop, der bekannten Konditorei an der Amsterdam Avenue, zufällig an einen Tisch direkt neben dem, an dem Anna saß, nicht weil er sie erkannt hatte (ihr Gesicht war hinter dem Buch verborgen, das sie las), sondern weil es der einzige freie Platz für ihn war. Anna beschrieb diese zweite Begegnung in einem anderen ihrer autobiografischen Stücke: *Jugendtage*.

Kaum hatte er sich hingesetzt, sah der junge Mann zu mir rüber und sagte: «Wir kennen uns doch von irgendwoher, oder?»

«*Kennen* ist ein wenig übertrieben», antwortete ich, «aber wir haben uns tatsächlich schon mal gesehen. Vor vielen Monaten, in einem Trödelladen zehn Blocks oder so südlich von hier. Ich weiß noch, du hast knietief in einem Meer von Töpfen gestanden.»

«Richtig!», sagte er. «Der alte Ramschladen an der Ecke Amsterdam und 98th! Wir haben uns zugelächelt, stimmt's?»

Kaum hatte er das mit dem *Lächeln* gesagt, erschien auf seinem Gesicht ein noch viel breiteres Lächeln als das, was er mir im Herbst geschenkt hatte, und als ich ihm meinerseits mit einem noch breiteren Lächeln antwortete, spürte ich sofort, dass etwas Seltsames geschehen war. Nicht, dass wir beide gelächelt hatten, das allein war es nicht, sondern der seltsame Umstand, dass wir beide uns nach so vielen Monaten an diesen kleinen, flüchtigen Augenblick erinnerten, und der doppelt seltsame Umstand, dass wir beide uns aufgrund der gemeinsamen Erinnerung an diesen Augenblick so verhielten, als habe er eine Verbindung zwischen uns hergestellt, während wir in Wahrheit immer noch nichts voneinander wussten. Ein kleines Lächeln im Herbst, eine zweite zufällige Begegnung im Frühling, diesmal mit einem großen Lächeln – das war alles, was wir bis dahin miteinander erlebt hatten, und doch war es, als ob wir uns da schon lange gekannt hätten, und vielleicht stimmte das ja, denn es war klar, dass wir in den vielen Monaten zwischen damals und jetzt immer wieder aneinander gedacht hatten, und jetzt, wo das Schicksal uns ein zweites Mal zusammengebracht hatte, spürte ich, dass wir beide fest entschlossen waren, es diesmal nicht zu vermasseln und den Augenblick nicht vorbeiziehen zu lassen.

Die Zeit war knapp, doch in die Wochen von Juni bis Mitte August stopften sie so viele Verabredungen, Essen, lange Spaziergänge, Kinobesuche, Konzerte, Museen und stürmische Nächte im Bett, dass Baumgartner zu der Erkenntnis gelangte, Anna sei anders als alle anderen Mädchen, die er jemals gekannt hatte, und es kaum ertragen konnte, dass er nun für zwei Semester Philosophie am Collège de France nach Paris gehen würde, so sehr er sich einmal darauf gefreut hatte. Anna hingegen war sich längst nicht so sicher wie er und zweifelte sogar an der Stärke ihrer anziehenden Wirkung auf ihn, denn Baumgartner hatte von Anfang an, seit sie an diesem ersten Nachmittag in der Konditorei ins Gespräch gekommen waren, nichts anderes im Kopf, als New York zu verlassen, und würde zweifellos nicht mehr an sie denken, sobald er im Flugzeug Platz genommen hätte. Dennoch war sie halb in ihn verliebt, aber halb wusste sie auch, sie war nicht bereit, sich auf eine rückhaltlose, epochale Liebe einzulassen, umso weniger bereit, als ihr die Nachbeben von Frankie Boyles ewig explodierendem Körper und der fast leere Sarg mit seinen Überresten immer noch zu schaffen machten. Baumgartner vergötterte sie zu sehr, als dass er sie zu Erklärungen gedrängt hätte, die abzugeben sie sich scheute, und beim Abschied am letzten Tag versagte er es sich dann auch selbst, ihr mit irgendwelchen großartigen Erklärungen zu kommen. Zu dem Zeitpunkt war er so wenig auf den Großen Schritt eingestellt wie Anna, insgeheim aber zuversichtlicher als sie, was die Zukunft betraf, denn für ihn stand bereits fest, dass sein zukünftiges Leben kein Leben wäre, wenn er es nicht mit ihr teilen würde. Anna hingegen hatte dieses Vertrauen nicht und ging in ihrer letzten gemeinsamen Stunde sogar so weit, ihn zu beleidigen. Du bist ein mieser kleiner Dreckskerl, Sy, sagte sie. Mit einem Fuß schon zur Tür hinaus, gehst du in die Offensive, und jetzt, wo du deinen Spaß gehabt hast, rufst du: Das war's, Schätzchen, ich seh dich in meinen Träumen.

Mehr als das, sagte Baumgartner, ich schreibe dir auch jeden Tag. Und du solltest mir lieber antworten – sonst.

Sonst was?

Schmeiß ich dich aus meinen Träumen.

Du schreibst, ich antworte. Aber du wirst mir nicht schreiben, also muss ich mir da keine Gedanken machen, richtig?

Sei dir mal nicht so sicher, kleine Besserwisserin. Ich an deiner Stelle würde gleich anfangen, mir Gedanken zu machen.

Er schrieb nicht jeden Tag, aber als Anna im Juni 1970 für einen kurzen Besuch nach Paris kam, hatten die beiden sich jeweils über hundert Briefe geschrieben, keiner davon ein Liebesbrief im klassischen Sinn, auch wenn sie gelegentlich auf die Stunden anspielten, die sie im Sommer zuvor miteinander im Bett verbracht hatten, und andeuteten, wie sehr sie sich darauf freuten, die Laken wieder in Brand zu setzen, was dann auch während der berauschenden zwei Wochen in Paris geschah, bis Anna für ein Sommersemester nach Madrid abreiste, und als sie im August für ein Jahr an der Sorbonne nach Paris zurückkam, packte Baumgartner gerade seine Sachen, um nach New York zurückzufliegen. Pech, schlechtes Timing, dumm gelaufen, jedenfalls eine abenteuerliche Folge von verpassten Gelegenheiten, und da Anna 1971 für einen zweiten Sommer nach Madrid zurückkehrte, verging ein weiteres ganzes Jahr mit einem Ozean zwischen ihnen. Was blieb ihnen übrig, als sich weiterhin Briefe zu schreiben, jeweils etwa hundertzwanzig bis hundertvierzig Briefe in diesen letzten zwölf Monaten. Manche dieser Briefe sind amüsant (Erzählungen verrückter Geschichten aus ihrem Alltagsleben), andere triefen von Sarkasmus und Verbitterung (politische Tiraden gegen Nixon, Kissinger und den laufenden Krieg), vor allem aber lassen sich an diesen Briefen die Empfindungen zweier junger Menschen im Übergangsstadium ablesen, Annas akribische, unverblümte und oft verblüffende Kommentare zu den toten und lebenden Dichtern, die sie las, während sie dabei war, zu der umgangssprachlichen, kargen Schreibweise ihrer frühen Versuche zu finden, Baumgartner im schließlich von Erfolg gekrönten Ringen um die ersten klaren Formulierungen seiner Ideen über verkörpertes Bewusstsein und den Dualismus des Seins, die ihn dann noch ein halbes Jahrhundert lang beschäftigen sollten, und dazu widmeten sie mit zunehmender Vertrautheit und wachsendem wechselseitigen Vertrauen ganze Briefe ihren Selbstzweifeln und innersten Ängsten, von denen sie noch keinem anderen jemals erzählt hatten. Und doch, so sehr sie mittlerweile aufeinander angewiesen waren, einander auch zweifellos liebten, handelte es sich nicht um Liebesbriefe, sondern um eine Korrespondenz zwischen intellektuellen und spirituellen Gefährten, Seelenverwandten, die am Beginn der Zeit ihrer Trennung klugerweise vereinbart hatten, sich die absurden Zwänge zu ersparen, die ihnen ein Enthaltsamkeitsschwur aufgebürdet hätte, weshalb Baumgartner sich, während Anna in New York und Paris war, in Paris und New York eine Reihe flüchtiger Affären genehmigte, ohne sich schuldig zu machen, und nur hoffen konnte, dass sie es ihm in den Städten, wo er in der Zeit ihrer Trennung nicht war, gleichgetan hatte. Eigenartigerweise kam es nie dazu, dass er sie danach fragte, weil er der festen Überzeugung war, dass alles, was sie mit ihrem Körper anstellte, ausschließlich ihre Sache war, ihn also nichts anging, und Anna, die ebenfalls wusste, dass seine Sache nicht die ihre war, stellte ihrerseits auch keine Fragen.

Jetzt haben wir den zweiundzwanzigsten November, den siebenundvierzigsten Jahrestag von Annas Begegnung mit

dem Tod auf der Claremont Avenue. Die beiden Arbeits-
trupps haben ihre Aufgaben erledigt und sind nicht mehr
da, Flores und Papadopoulos sind vollständig ausbezahlt,
und während Baumgartner sich gedanklich mit dem langen
autobiografischen Essay über Anna beschäftigt, den er als
Einleitung für den Band mit ihrem Briefwechsel plant, wird
ihm klar, dass er dieses Projekt nur angeht, weil er sich um
Rätsel des Steuers drücken will, das er jetzt eigentlich lesen
müsste, um festzustellen, ob daran noch etwas zu tun ist,
denn falls es noch Dinge zu revidieren gibt, wird er sich
sputen müssen, dies zum Abschluss zu bringen, bevor am
fünften Januar Beatrix Coen bei ihm auftaucht. Nicht, weil
ein Abgabetermin droht oder weil er nicht noch ein weiteres Jahr an dem Manuskript herumbasteln könnte, wenn er
das wollte, sondern weil er entschlossen ist, *klar Schiff* zu
machen, bevor sie in Princeton landet, damit er ihr während
der ganzen Dauer ihres Aufenthalts zur Verfügung stehen
kann, schließlich geht es um Anna und ihr Werk und nichts
als Anna und ihr Werk, und um diese Geschichte von A bis
Z auskosten zu können, darf Baumgartner nicht gleichzeitig
mitten in seiner eigenen Arbeit stecken.

Er hatte befürchtet, das Buch sei völlig missraten, aber
dem ist zum Glück nicht so. Tatsächlich ist es gar nicht so übel
und könnte von manchen edlen Seelen sogar für gut gehalten
werden, aber wenn man sich anschickt, etwas zu schreiben,
das ans Lächerliche grenzt, und wenn dann jeder Satz nur so
trieft von selbstironischen Doppeldeutigkeiten, sollte man
verdammt gut aufpassen, dass man nicht ausrutscht und den
Ton an jeder Stelle beibehält, weil eine einzige falsche Bewegung die in den Scherzen versteckten todernsten Absichten

sabotieren und das Ganze in einen Abgrund von Geschwafel stürzen wird. Soweit Baumgartner das beurteilen kann, ist er an höchstens drei oder vier Stellen ausgerutscht, und die lassen sich einfach beseitigen, er braucht die Passagen nur aus dem Buch zu entfernen, und so ist er mehr oder weniger erleichtert und nicht allzu unzufrieden mit sich selbst, auch wenn das Buch so unfassbar verrückt ist, dass er gar nicht begreift, wie er es überhaupt hat schreiben können.

Er erinnert sich dunkel an Einführung in die Philosophie, eine Vorlesung, die er im ersten Semester in Oberlin gehört hat und wo unter anderem ein Text von oder über Aristoteles gelesen wurde, der den menschlichen Körper mit einem Schiff und die Seele mit dem Kapitän dieses Schiffs verglich, was Baumgartner damals sehr amüsiert hat, weil er das Bild nicht aus dem Kopf bekam, wie die körperlose Kapitänsseele als Kapitän aus Fleisch und Blut am Steuer ihres Menschenschiffs stand und es durch die trügerischen Wasser des Gelben Meeres manövrierte, was natürlich völlig widersinnig war, schließlich kann ein substanzloses Ding (eine Seele) nicht mit Substanz (einem Körper) ausgestattet sein und dann noch Seele genannt werden. Und doch, wenn das aristotelische Ich eine Kombination von Materie und Nicht-Materie war, also ein sichtbarer, von einer unsichtbaren Seele belebter Körper, wäre es dann nicht faszinierend, die Metapher weiterzuspinnen und das Kapitän-Seele-und-Schiff-Körper-Ensemble eines wirklichen Menschen ans Steuer eines modernen, motorisierten Transportmittels zu setzen, eines Autos aus dem 20. Jahrhundert, zum Beispiel, in welchem Fall die Kapitänsseele am Steuer des Schiffskörpers weiterhin als reine, substanzlose Seele ein reines, physisches Auto auf seiner Fahrt durch den Raum lenken würde, nur dass Menschen weder reine Seelen noch reine Körper sind, sondern eine Kombination der beiden, und der Fahrer folglich eine mit einem Körper ausgestattete Seele wäre, oder eine verkörperte Seele, eine Tatsache, die selbst der eingefleischteste Dualist nicht unterschreiben würde, auch wenn sie sich millionenfach auf Millionen Straßen überall auf der Welt bestätigt. Baumgartner war gerade siebzehn geworden und hatte viel Spaß daran, Geblödel dieser Art auszuhecken, denn als kleiner Klugscheißer im ersten Studienjahr sah er den wesentlichen Sinn seines Lebens darin, alles, was er las, infrage zu stellen und durch den Kakao zu ziehen, und erst als drei Monate später sein Vater starb und er nach Newark zurückgekehrt war, ließ Baumgartner davon ab, Aristoteles mit Pfeilen zu bewerfen, und beschäftigte sich mit anderen Dingen.

Gleichwohl trägt er diese seltsamen Bilder seit Jahren mit sich herum, Millionen und Abermillionen Körper-Seelen in ihren Autos auf gigantischen, miteinander verbundenen Straßen und Highways, jeder einzelne hinter dem Steuer eine menschengroße Monade, eingeschlossen in das metallene Exoskelett eines insektengleichen Autos, jeder Mann und jede Frau dieser ungezählten Heerscharen allein inmitten fließenden, oft gefährlichen Verkehrs, und der Körper hinter dem Steuer, der auch Geist oder Seele oder Intelligenz ist, trägt die Verantwortung für Hunderte kleine und große Entscheidungen, die das Auto letztlich ans Ziel bringen. Falsche Abzweigungen meiden, Schlaglöchern und Gegenständen auf der Fahrbahn ausweichen und niemals, unter keinen Umständen, unbesonnen ein Risiko eingehen, das zum Zusammenstoß mit einem anderen Auto führen könnte. Unfälle können tödlich enden, und ist man erst einmal tot, bleibt man tot für immer.

Das war der Ausgangspunkt des Buches gewesen, glaubt Baumgartner, die zersetzende Vorstellung vom menschlichen Leben als einem wilden, außer Kontrolle geratenen Gerangel über Straßen von Einsamkeit und drohendem Tod rasender Autos, tatsächlich aber kristallisierten sich seine Ideen zu dem, was dann am Ende *Rätsel des Steuers* wurde, erst später, als er über das Wort *Automobil* nachzudenken begann. Automobil: ein hybrides Kompositum aus Altgriechisch (*autos*), Lateinisch (*mobilis*) und 19.-Jahrhundert-Französisch (*mobile*), das *selbstbewegend* bedeutet und die formelle Bezeichnung für das ist, was man gemeinhin *Auto* nennt. Andererseits kann man sich auch Menschen als selbstbewegende Wesen vorstellen, und als Baumgartner diese beiden nicht zusammenhängenden Vorstellungen zu einer einzigen, weit hergeholten, offenkundig absurden Vorstellung zusammenklappte, hatte er den metaphorischen Motor gefunden, der sein Buch ins Rollen brachte. Das Auto als Mensch, der Mensch als Auto, eins mit dem anderen austauschbar in einer hakenschlagenden, pseudophilosophischen Abhandlung im Geiste von Swift, Kierkegaard und anderen intellektuellen Spaßvögeln, die die Welt auf den Kopf stellen, damit ihre Leser sich in den Kopfstand begeben und versuchen, sich aus dieser Perspektive eine Welt vorzustellen, die richtig herum steht. Witzbold Baumgartner. Leider leben wir nicht in den unbeschwertesten Zeiten für Satire, und es bleibt abzuwarten, ob irgendjemand den Witz kapiert.

Das Buch besteht aus vier Teilen von jeweils sechzig bis

siebzig Seiten: Einführung in die Automechanik, Panne in Motor City, Demolition Derby und Der Mythos vom selbstfahrenden Auto. Jeder Teil handelt gleichermaßen vom individuellen wie vom kollektiven menschlichen Leben sowie von der Rolle, die Autos in diesem Leben spielen, und jeder Teil beginnt mit einer trockenen, pseudoseriösen Abhandlung zu dem in der Überschrift genannten Thema, dann aber folgen Geschichten, fünfzehn oder zwanzig kurze Texte – von Erfundenem über Tatsachenberichte bis hin zu Fabeln, Parabeln und philosophischen Rätseln. Zum Beispiel bezieht sich Einführung in die Automechanik sowohl auf den Menschen an sich (auto) als auch darauf, wie man fahren und die Verkehrsregeln respektieren lernt, wobei es Baumgartner irgendwie gelingt, den Kampf darum, ein moralisch einwandfreier Mensch zu werden, und die Anstrengung, ein guter Fahrer zu werden, miteinander zu verschmelzen. Panne in Motor City bezieht sich sowohl auf den menschlichen Körper in verschiedenen Krisensituationen (Krankheiten, Knochenbrüche, Epidemien) als auch auf die mechanischen Komplikationen, die jedes Auto irgendwann einmal ereilen (platte Reifen, kaputte Zündkerzen, defekte Vergaser). Demolition Derby beschreibt, was aus einer Gesellschaft wird, wenn Fahrer sich nicht mehr an die Verkehrsregeln halten und ihr *gottgegebenes Grundrecht* auf persönliche Freiheit geltend machen, indem sie Stoppschilder und rote Ampeln überfahren und Fußgänger umnieten, die ihnen im Weg sind. Kein Wort zu den MAGA-Millionen oder der im Weißen Haus lauernden Bedrohung, doch Baumgartners Absichten sind deutlich genug, da bedarf es keines weiteren Kommentars. Er zählt andere Beispiele auf, imaginäre Orte, die an Belfast, Sarajevo und Ruanda erinnern, aber nicht bei diesen Namen genannt werden. Der Mythos vom selbstfahrenden Auto schließlich handelt von einer Zukunft, in der weite Teile der Bevölkerung freiwillig auf ihre Autonomie als selbstständig denkende Individuen verzichten und ihr Vertrauen in eine höhere Macht (Zahlen) setzen, eine körperlose pythagoreische Macht, die sich naturgemäß dem menschlichen Verstehen entzieht und allein den von Zahlen angetriebenen Maschinen verständlich ist, die nach und nach die Kontrolle über die Autoindustrie übernommen haben. Baumgartner schließt sein Buch mit der Beschreibung eines spektakulären Unfalls in Texas: Vier mit ihren schlafenden Eigentümern besetzte selbstfahrende Autos treffen mit jeweils hundertvierzig Stundenkilometern aus vier Richtungen an einer Kreuzung aufeinander und explodieren, gehen in Flammen auf und töten jeden der vier Insassen, die vor Antritt ihrer Fahrt in den Tod alle miteinander vergessen hatten, ihr Auto zu programmieren. Zum Schluss lässt Baumgartner die Bemerkung fallen, der demnächst erscheinende offizielle Polizeibericht werde als Ursache der Katastrophe *menschliches Versagen* angeben.

Am fünfundzwanzigsten November, dem Montag vor Thanksgiving, schickt er das Manuskript an Maddy Lifton. In seinem Begleitschreiben bezeichnet er das Buch als *Quatsch mit Soße,* und warnt sie, Morris Heller und sein Sohn Miles würden es wahrscheinlich als nicht zur Veröffentlichung geeignet ablehnen, aber das tun sie unglaublicherweise nicht, und Mitte Dezember hat Baumgartner klar Schiff gemacht und kann seine Gedanken endlich ganz auf Bebe Coen richten.

Noch vor zwei Monaten eine vollkommen Fremde, ist sie jetzt zum wichtigsten Menschen in seinem Leben geworden. Sie sind sich noch nie begegnet und kennen einander nur von Fotos und Computerbildschirmen, aber die Wahrheit ist, dass Baumgartner Beatrix Coen bereits so sehr liebt wie die Tochter, die er und Anna gehabt hätten, wenn das möglich gewesen wäre. Tom Nozwitszki hatte nicht unrecht gehabt. Bebe ähnelt Anna tatsächlich in vielen kleinen, aber unübersehbaren Dingen. Nicht in einzelnen Gesichtszügen, mag sein, aber im Geist, in der äußeren Gestalt, in der Energie, die sie in Gegenwart von anderen ausstrahlt. Bebe hat sich Annas Werk gründlicher als jeder andere zu eigen gemacht. Schon dafür hat sie in Baumgartners Tempel der Liebsten einen Ehrenplatz verdient, und nachdem er seit Mitte Oktober fast täglich mit ihr korrespondiert hat, am Telefon und in Zoom-Chats mit ihr gesprochen hat, weiß er, wie ihr Verstand arbeitet und wie außerordentlich klug sie ist, und doch, mehr noch als das, er hat sie einfach gern und kann es kaum erwarten, sie am fünften Januar, heute in einundzwanzig Tagen, in Empfang zu nehmen. Drei unendliche Wochen, drei kurze Wochen, er weiß es selbst nicht, doch bald werden sie vergangen sein, und Baumgartner ist vor Vorfreude so außer sich wie ein kleiner Junge, der die Tage zählt, bis die Schule endlich in die Sommerpause geht.

Es gibt aber ein Problem. Bebe hat vor, die Fahrt von Ann Arbor nach Princeton mit dem Auto zu machen, und aus siebenundfünfzig verschiedenen Gründen ist Baumgartner in Unruhe. Michigan, Ohio und Pennsylvania können Anfang Januar abscheulich sein, und auf den fast tausend Kilometern, für die man mit rund neuneinhalb Stunden Fahrzeit

rechnen muss, kann es ohne Weiteres dazu kommen, dass
der Erie-See mit einem seiner Schnee-, Eis- oder Graupel-
stürme über ihren kleinen, zehn Jahre alten Toyota Camry
herfällt und die tausend Kilometer zu einer einzigen Gefah-
renzone macht. Dazu kommt, dass sie darauf besteht, allein
zu fahren, ohne Freundin oder Begleiter, die sie am Steuer
ablösen oder ihr im Notfall helfen könnten. Baumgartner
schreibt ihr, sie solle es sich noch einmal überlegen und lieber mit dem Zug kommen, doch Bebe behauptet, sie werde
ihr Auto brauchen, wenn sie erst einmal in New Jersey angekommen sei. Sicher nicht, erwidert Baumgartner, er werde
ihr mit Vergnügen sein eigenes Auto leihen, wann immer sie
es brauche, doch Bebe gibt zurück, sie denke gar nicht daran,
ihm auf diese Weise zur Last zu fallen, worauf Baumgartner
textet: Unsinn! Wenn Sie sich mein Auto nicht ausleihen
möchten, miete ich Ihnen eins für die Zeit, die Sie bei mir
wohnen. Was meinen Sie? Kommt nicht infrage, antwortet
sie. Er habe bis jetzt schon genug Geld für sie ausgegeben,
mehr könne sie unmöglich von ihm annehmen. Baumgartner schießt zurück: Vergessen Sie das Geld! Ich kann mir das
leisten! Zwölf Sekunden später die Antwort im Display: Das
kann ich nicht vergessen!

Sie stecken in einer *Pattsituation*, wie sein Vater zu sagen
pflegte. Die liebe und liebenswerte Beatrix Coen erweist sich
als eine, die sich nicht herumschubsen lässt, und wehe dem,
der ihre Eigenständigkeit infrage zu stellen wagt oder sich
anmaßt, ihre Pläne durchkreuzen zu wollen. Mit Anna hatte
er im Lauf der Jahre auch schon einige solche Auseinander-
setzungen gehabt, wenn sie plötzlich mit irgendeinem lange
zurückgehaltenen Ärgernis, von dem er nie etwas geahnt

hatte, über ihn herfiel und einen wütenden Zank mit ihm vom Zaun brach, bis er am Ende einlenkte und ihr recht gab. Ob sie recht hatte oder nicht, spielte keine Rolle, weil sie immer recht hatte, auch wenn sie unrecht hatte, und Baumgartner kam schnell dahinter, dass Kapitulation die einzig vernünftige Verteidigung war, denn sobald er sich ergeben hatte, war der Streit erledigt und beigelegt, binnen Sekunden aus dem Gedächtnis gestrichen. Sollte er diese Strategie auch bei Bebe Coen anwenden – einfach nachgeben und ihr ihren Willen lassen? Ja, am vierten und fünften Januar könnte schlechtes Wetter sein, mit elenden Straßenverhältnissen auf der ganzen Strecke, aber genauso gut kann ihre Reise von der Abfahrt am Morgen zu Hause bis zu dem Augenblick am nächsten Abend, wo sie in seine Einfahrt rollt, unter linden Winterhimmeln vonstattengehen. Man weiß es nicht, man weiß gar nichts, aber er will sie auf keinen Fall zu sehr bedrängen und damit riskieren, dass sie den Besuch absagt, denn das würde ihm das Herz brechen, erkennt Baumgartner, nichts ist ihm jetzt wichtiger als die Tage oder Wochen oder Monate, die sie beide zusammen in seinem Haus verbringen werden, das er seit mehr Jahren bewohnt, als sie am Leben ist. Und so gibt Baumgartner kurz vor Weihnachten endlich nach, sagt, sie könne tun, was sie wolle, und wünscht ihr gute Reise. Die scharfsinnige Ms. Coen, die längst begriffen hat, dass Baumgartner sie nicht nur als imaginäre Tochter betrachtet, sondern auch als eine Art Reinkarnation seiner verstorbenen Frau, reagiert fast kleinmütig auf seinen Sinneswandel, doch wie bei Anna in alten Zeiten ist es jetzt auch bei der jungen Frau aus Michigan. Die Sache ist vom Tisch, die Freundschaft wiederhergestellt.

Im Stillen sorgt Baumgartner sich weiter. Es geht schließlich nicht nur ums Wetter, Unfälle können ebenso gut auf
trockenen Straßen wie auf nassen oder vereisten passieren,
und auf einer Strecke von fast tausend Kilometern lauern in
jeder Sekunde zehntausend mögliche Gefahren. Weihnachten kommt und geht, und am siebenundzwanzigsten oder
achtundzwanzigsten hat Baumgartner sich in so schreckliche Befürchtungen hineingesteigert, dass nicht mehr viel
fehlt und er in totale Panik gerät. Er hat wenig Zweifel, dass
Rätsel des Steuers zumindest teilweise schuld an seiner zunehmenden inneren Unruhe ist, aber was hätte er erwarten
sollen nach zwei Jahren obsessiver Versenkung in alles, was
mit Autos zu tun hat, Autos an und für sich selbst, aber auch
Autos als Metaphern für Menschen und Autos in Bewegung
auf endlosen verschlungenen Netzwerken von Autobahnen
mit Millionen anderer von Millionen einsamer Fahrer kopf-
über durch die Nacht gesteuerten Autos – die amerikanische
Gesellschaft in einer Nussschale, das Land der Freien im
Amoklauf auf von weißen Linien begrenzten Streifen tinten-
schwarzen Asphalts, anschwellende Horden wild geworde-
ner Wutbürger, die sich unter Missachtung sämtlicher Verkehrsregeln ein nie endendes Demolition Derby liefern, die
beliebteste Gladiatorenveranstaltung der Neuzeit. Das war
die zentrale Metapher in Baumgartners Buch, doch jetzt, wo
Bebe Coen sich anschickt, ein Fünftel des amerikanischen
Kontinents zu überqueren, in einem echten Auto auf einer
Reihe echter Straßen zwischen Michigan und New Jersey,
hat der alte Mann, der am fünften Januar auf ihr Eintreffen
warten wird, sich von seinen eigenen Fantastereien völlig
verrückt machen lassen und kann sich nicht mehr dagegen

wehren, dass die vor ihr liegenden Gefahren sich in seinen Gedanken ins Monströse steigern. Nicht dass es unbedingt falsch ist, sich das Schlimmstmögliche auszumalen, doch tödliche Unfälle sind statistisch eher selten, bedenkt man die insgesamt von den vielen Millionen Autos auf den Straßen gefahrenen Meilen, und wenn Baumgartner noch zu klarem Denken fähig wäre, würde er begreifen, dass seine Panik die winzige Wahrscheinlichkeit von Bebes Tod auf der Route 80 durch Pennsylvania zu einer todsicheren Sache gemacht hat. Aber er kann nicht klar denken und durchlebt seine Tage daher jetzt in einem Schwitzkasten ständiger Angst.

Das Buch also an erster Stelle, mag sein, aber nicht an einziger Stelle, denn Baumgartner weiß, Annas Tod spielt hier auch eine Rolle, ihr letzter Tag am Strand von Cape Cod, als sie ins Wasser rannte, bevor er sie aufhalten konnte. Anna war schon auf den Beinen, als sie sagte, sie wolle noch *ein letztes Mal reinspringen*, und als Baumgartner, der lesend auf einem Handtuch lag, ihr das auszureden versuchte, es sei schon spät, sie sollten allmählich ins Haus zurück, lachte sie ihn aus und war, als er sich endlich hochgerappelt hatte, schon losgelaufen und ihm so weit voraus, dass er keine Chance mehr hatte, sie noch einzuholen. Ihm fehlte die Zeit. Mit Bebe hat er viel Zeit gehabt, über einen Monat Zeit, sie zu überreden, ihr Auto in Michigan stehen zu lassen und stattdessen den Zug zu nehmen, aber es hat alles nichts genützt, er hat es nicht geschafft, und jetzt ist es zu spät, und wenn ihr auf dem Weg zwischen dort und hier etwas zustößt, wird er das nicht überleben, da ist Baumgartner sich sicher. Gedanken dieser Art hat er sich in seinem ganzen Leben noch nicht gemacht, aber sollte Bebe Coen nicht heil und unversehrt bei ihm ankommen, wird er sterben, das weiß er ganz genau.

Am dritten Januar telefonieren sie lange. Baumgartner reißt sich, so gut er kann, zusammen, seine Befürchtungen für sich zu behalten und seiner Stimme nichts anmerken zu lassen, denn Bebe ist bester Laune an diesem Tag, alles ist gepackt und bereit zur Abfahrt am nächsten Morgen, und er denkt nicht im Traum daran, mit seinen trübseligen Vorahnungen Gift in ihre Freude zu mischen. Und so erwähnt er die günstige Wettervorhersage für den nächsten Tag (um zwei Grad plus, teilweise bewölkt, Niederschlagswahrscheinlichkeit zehn Prozent) und fragt, ob sie glaubt, es bis Pittsburgh zu schaffen, das auf halbem Weg der Gesamtstrecke liegt und wo sie bei alten Freunden ihrer Eltern übernachten will, einem Forscherehepaar von der Carnegie Mellon University. Schwer zu sagen, meint Bebe, sie will am Abend mit ein paar Freunden in Ann Arbor essen gehen, und alles hängt davon ab, wie lange sie zusammensitzen werden und wann sie ins Bett kommt, was wiederum entscheiden wird, wie spät oder früh am Morgen sie aufsteht, und folglich, wie spät oder früh sie in ihr Auto steigen und nach Pittsburgh aufbrechen wird. Alltäglichere Bemerkungen am Telefon sind kaum vorstellbar, aber je länger Baumgartner ihr zuhört, desto weniger Sorgen macht er sich um morgen und den Tag danach, zweifellos weil selbst die banalsten Worte aus Bebes Mund etwas Hypnotisierendes, Majestätisches an sich haben, was sie so gewichtig klingen lässt wie ein Shakespeare-Sonett oder die Präambel zur Erklärung der Menschenrechte. Auch Anna hatte das, nicht nur in ihrer Stimme, sondern auch in ihrer Fähigkeit, mit den gewöhnlichsten Körperbewegungen ihr

Innerstes zum Ausdruck zu bringen, die Beredtheit ihrer Finger, wenn sie eine Buchseite umschlug, zum Beispiel, oder die würdevollen Drehungen ihrer Handgelenke, wenn sie Servietten oder Handtücher faltete – bei ihr glühten die einfachsten, alltäglichsten Gesten wie Wunder im Schmiedefeuer entflammter Individualität. Anna Blume und Beatrix Coen, A und O seines Lebens, sagt Baumgartner zu sich selbst, wünscht Bebe für morgen eine gute und reibungslose Fahrt und verkneift sich, was ihm als Letztes noch auf der Zunge liegt: *Fahren Sie vorsichtig, ich bitte Sie.* Es kostet ihn gewaltige Mühe, das für sich zu behalten, aber auch so scheint Bebe es zu hören, denn kaum hat er es nicht gesagt, lacht sie auf und sagt: Keine Sorge, Sy, ich fahre vorsichtig, versprochen.

3. Januar 2020, halb zwei. Gerade hat Baumgartner aufgelegt, und jetzt stellt sich die Frage, was er mit dem Rest des Tages anfangen soll, ganz zu schweigen von morgen und übermorgen. Er rechnet nicht damit, noch einmal von ihr zu hören, bevor sie bei den Freunden ihrer Eltern eintrifft – vorausgesetzt, die erste Etappe ihrer Reise verläuft ohne Zwischenfälle –, aber wenn alles läuft wie erhofft und sie in sechsundzwanzig oder achtundzwanzig Stunden dort ankommt, wird sie dann auch daran denken, ihm Bescheid zu sagen? Baumgartner hat nichts geplant und ist viel zu nervös, noch einmal Annas Papiere durchzusehen oder an irgendetwas anderem zu arbeiten. Ein Spaziergang könnte guttun, denkt er, aber draußen ist es verdammt kalt, und wenn er aus dem Haus kommen und eine kleine Runde drehen will, dann allenfalls mit dem Auto. Na schön, sagt er sich, er wird zum Getränkemarkt fahren und seine Schnaps- und

Weinvorräte auffüllen, und wenn ihm danach nichts anderes einfällt, will er versuchen, sich mit einem seiner Freunde zu einem spontanen Restaurantbesuch zu verabreden.

Baumgartner zieht seine wärmsten Wintersachen und die wärmste Winterjacke an, geht in die Garage und setzt sich hinters Steuer seines vier Jahre alten Subaru Crosstrek, ein Hybridfahrzeug, das sowohl mit Benzin als auch elektrisch fahren kann. Kaum hat Baumgartner den Motor angelassen und die ersten Meter vom Haus zurückgelegt, ist ihm die Lust vergangen, in die Stadt zu fahren oder seine Wein- und Schnapsvorräte aufzufüllen oder lästige Begegnungen mit irgendwelchen Bekannten zu riskieren, aus denen er sich nichts macht, mit denen er dann aber zwei, drei endlose Minuten lang nichtssagende Höflichkeiten austauschen müsste, und statt also in die vertraute Welt des Geschäftsviertels zu fahren, wendet Baumgartner sich in die entgegengesetzte Richtung, nach Süden, weg von den verstopften Einkaufsstraßen und blinkenden Lichtern ins offene Land hinaus, ein dünn besiedeltes Niemandsland mit immer weniger Häusern und immer schmaleren Straßen. Er glaubt, sich der Gegend zu nähern, die man Pine Barrens nennt, ist sich aber nicht ganz sicher, schließlich ist es viele Jahre her, seit er und Anna sich eines Sonntagnachmittags auf den Weg gemacht haben, dieses rätselhaft leere Gebiet zu erkunden, an Einzelheiten kann er sich nicht erinnern, nur dass sie irgendwo angehalten haben, um Picknick zu machen, und dass er, als sie ihre Decke auf dem sandigen Boden ausbreiteten und er zu Annas schönem, leuchtendem Gesicht hinübersah, von einem Glücksgefühl durchströmt wurde, so stark, dass ihm die Tränen kamen und er zu sich sagte: Erinnere dich an diesen Augenblick, kleiner Mann, behalte das für alle Zeit im Gedächtnis, denn in deinem ganzen Leben wird dir nichts Wichtigeres geschehen als das, was genau jetzt geschieht.

Er erinnert sich daran, wie er dieses Gefühl bewahrt und jahrelang mit sich herumgetragen hat, aber die Einzelheiten der Gegend, wo ihm dies widerfahren ist, sind größtenteils aus seinem Gedächtnis verschwunden, weshalb er im Ungewissen bleibt, ob er wirklich zu der Stelle zurückgekehrt oder irgendwo anders gelandet ist. Wie lange ist es her, seit er in den Wagen gestiegen ist und das Haus verlassen hat? Vierzig, fünfundvierzig Minuten, nimmt er an, nicht viel länger, aber das Licht ändert sich bereits, in diesen Wochen unmittelbar nach der Wintersonnenwende sind die Tage noch kurz, sehr kurz, und als er nach rechts in eine schmale, durch dichten Kiefernwald führende Landstraße einbiegt, bemerkt er etwas im linken Augenwinkel, sieh an, ein Reh, das zwischen den Bäumen am linken Straßenrand hervorspringt, und ohne nachzudenken, schert Baumgartner nach links und vermeidet den Zusammenstoß mit dem Reh, das schon zwischen den Bäumen auf der anderen Straßenseite verschwunden ist. Das war knapp, und Baumgartner hält erst einmal kurz an, um sich von dem Schreck zu erholen, erstaunt, wie gut seine Reflexe auch mit zweiundsiebzig noch sind, gleichwohl schockiert von der Plötzlichkeit des Geschehens, das von Anfang bis Ende höchstens drei oder vier Sekunden gedauert haben kann. Schließlich lässt er den Motor wieder an und fährt weiter, kommt an einem Haus vorbei und ein paar Hundert Meter weiter an noch einem Haus, doch sosehr es ihn drängt, umzukehren und den Heimweg anzutreten, zunächst einmal muss er an eine

Kreuzung kommen, die es ihm erlaubt, nach links oder rechts abzubiegen und sich von dort nach Norden zurückzuhangeln. Also fährt er weiter und späht nach irgendeiner Öffnung zwischen den Bäumen am Straßenrand, damit er wenden und dann in entgegengesetzter Richtung zurückfahren kann, doch bevor er so eine Lücke findet, springt noch ein Reh aus dem Wald, diesmal von rechts, und wenn Baumgartner nach links ausschwenkt, wird er das Tier erwischen, also schwenkt er nach rechts und stößt nicht mit dem Reh zusammen, sondern kracht gegen einen Baum. Er ist langsam gefahren, höchstens fünfundvierzig oder fünfzig Stundenkilometer, aber der Aufprall kommt unvermittelt und ruckartig, und Baumgartner schießt trotz angelegtem Gurt nach vorn und knallt mit der Stirn so hart aufs Steuerrad, dass die Haut an einer Stelle aufplatzt und ihm das Blut ins rechte Auge zu laufen beginnt. Aus irgendeinem Grund ist der Airbag nicht aufgegangen. Technisches Versagen, wer weiß, oder aber die Wucht des Aufpralls war nicht groß genug, den Mechanismus auszulösen.

Baumgartner ist bei Bewusstsein, Schmerzen hat er nicht. Nur benommen fühlt er sich nach dem Unfall, und während er sich mit einem Taschentuch das Blut abwischt, staunt er, dass eine Platzwunde, die so stark blutet, so wenig wehtut – eigentlich gar nicht wehtut. Minutenlang bleibt er bewegungslos auf dem Fahrersitz und überlegt, was er jetzt machen soll. Als Erstes das Auto inspizieren, beschließt er, und falls der Subaru keinen ernsthaften Schaden genommen hat und noch funktionstüchtig ist, wird er wieder einsteigen, wenden und nach Princeton zurückfahren. Er tritt in die kalte, kalte Luft hinaus und sieht, der Kühlergrill ist böse eingedrückt. Nicht so schlimm, die Mechanik sollte noch funktionieren, denkt er, steigt wieder ein und drückt auf den Startknopf, aber da tut sich nichts. Die Batterie schweigt, der Motor schweigt, Panne im Herzen von Motor City, da gibt es nichts zu beschönigen, und weil Baumgartner von Automechanik nicht die leiseste Ahnung hat und das Problem niemals selbst beheben könnte, ergibt er sich in sein Schicksal, schlägt den Kragen seiner Jacke hoch, schiebt die Hände in die Taschen und tritt im dämmrigen Winterlicht die Wanderung zu den Häusern an, die er auf der Herfahrt gesehen hat. Und so, mit dem Wind im Gesicht und einer immer noch blutenden Stirnwunde, macht unser Held sich auf den Weg, Hilfe zu suchen, und als er das erste Haus erreicht und an die Tür klopft, beginnt das letzte Kapitel der Saga von S. T. Baumgartner.

Weitere Titel

Paul Auster
4 3 2 1

Archibald Ferguson heißt der jugendli-
che Held von Paul Austers neuestem
Roman, und er kommt darin gleich
viermal vor – in vier raffiniert
verwobenen Variationen seines Lebens,
ganz nach dem Motto: Was wäre
geschehen, wenn ...?
So entwirft Auster ein grandioses, epi-
sches Porträt der zweiten Hälfte des
20. Jahrhunderts in Amerika, voller
Abenteuer, Liebe, Lebenskämpfe und
den Schlägen eines unberechenbaren

1.274 Seiten

Schicksals. «4 3 2 1» ist ein faszinierendes, ein überwältigendes
Gedankenspiel und ein Höhepunkt in Austers Schaffen.

«Es ist ein Meisterwerk geworden.» Der Tagesspiegel

Paul Auster
Mond über Manhattan

Der Student Marco Stanley Fogg wohnt
in einem leeren New Yorker Loft mit
Ausblick auf einen Hinterhof und ein
China-Restaurant. Seit sein Onkel und
Ersatz-Vater gestorben ist, hat er die
Wohnung nicht verlassen. Einem
Zusammenbruch nahe, beginnt er, über-
all Zeichen zu sehen: Die Leuchtreklame
«Moon Palace» scheint geheimnisvoll
mit den Moon Men, der Jazz-Band sei-
nes Onkels, verbunden. Diese wieder
mit der ersten Mondlandung. Marco

416 Seiten

macht sich auf, um das Rätsel zu lösen – vielleicht ist es auch das seiner
Herkunft.

Ein wilder Roman voll grotesker Abenteuer

«Als Auster diese Abenteuergeschichte fabrizierte, wird er fast so viel
Spaß daran gehabt haben wie wir beim Lesen.» The New York Times

Weitere Informationen finden Sie unter **rowohlt.de**

Paul Auster
Die New-York-Trilogie

Stadt aus Glas

Schlagschatten

Hinter verschlossenen Türen

Jeder dieser drei Romane der «New-
York-Trilogie» wirkt zunächst wie eine
klassische Kriminalgeschichte. Alle drei
ziehen den Leser mit raffiniert ausgeleg-
ten Ködern in ihren Bann. Aber bald
scheinen die vordergründig logischen
Zusammenhänge nicht mehr zu stim-
men. Täter werden auf rätselhafte Weise
zu Opfern, Verfolger zu Verfolgten.

416 Seiten

Schritt für Schritt wird auch der unabhängige Beobachter, ob Leser
oder Detektiv, in ein Spiel mit seinen eigenen Erwartungen verstrickt.

«Eine literarische Sensation.» Sunday Times

Weitere Informationen finden Sie unter **rowohlt.de**